이어령 80초 생각 나누기

# 짧은 이야기, 긴 생각

물음표와 느낌표 사이에서 생각한다

# 새판『짧은 이야기, 긴 생각』을 내면서

달걀귀신인가 창조의 달걀인가.

어렸을 때 들은 달걀귀신 이야기가 생각난다. 어른들이 아이들에게 겁을 주려고 할 때 으레 "달걀귀신 나온다"라고 말한다. 이름 그대로 달걀만큼 작은 귀신인데도 왜 그렇게 무서워했는지 모른다. 그러나 거기엔 이유가 있다. 만약 눈코입이 없는 사람이 나타난다고 생각해 보라. 머리, 허리, 다리도 없는 짐승이 쫓아온다고 상상해 보라.

그것만이 아니다. 달걀귀신은 두드릴수록 커진다고 했다. 처음엔 별것 아니라고 생각해서 얕잡아보지만 공격을 가할수록 점점 더 커지고 힘이 강해진다고 한다. 손발이 없으니 잡을 데가 없고 표정이 없으니 반응을 살필 수도 없다.

우리의 미래가 그렇다. 지금 아이들의 손안에 있는 스마트폰이 바로 달걀귀신이다. 그것들은 작지만 쓰면 쓸수록 위력을 발휘한다. 눈도 코도 없는 얼굴처럼 아무것도 분간할 수 없지만 눈이 되어 사진을 찍고 귀가 되어 음악을 듣고 입이 되어 말하고 손이 되어 문자를 쓴다.

140자의 문자 자체가 달걀귀신처럼 세상을 나돌아다닌다. 때로는 괴담이 되어 사람들을 떨게 하고 때로는 비수가 되어 사람의 가슴을 찌르기도 한다. 작은 말이 자고 나면 커지고 번져서 제어할 수 없는 괴물로 변한다.

하지만 달걀이란 무엇인가. 지금은 그냥 둥그런 모양이지만 어미닭처럼 잘 품으면 거기에서 귀여운 모습을 한 병아리가 깨어난다. 줄탁동시, 어미닭은 밖에서 병아리는 안에서 쪼고 두드려 새로운 생명이 탄생한다.

"80초 생각나누기"에는 달걀 모양의 0이 세 개나 들어 있다. 80초의 짧은 순간을 우리는 귀신이 아니라 새로운 생명으로 부화시켜야 한다. 그래서 쓴 것이 바로 이 글들이다. 처음에는 애니메이션으로 KBS에 방송용으로 제작했고 다음에는 느껴야 움직인다, 길을 묻다, 그리고 지우개 달린 연필 삼부작으로 된 그림책이었다.

이번에는 순수한 글만을 모아 단행본 형태로 꾸몄다. 이렇게 원소스 멀티유즈가 가능한 것은 80초의 메시지들이 달걀 같은 생각의 원형을 담은 것이기 때문이다. 아이들을 두려움에 떨게 하는 협박의 언어를 따뜻하게 품고 함께 부화하는 창조의 언어가 되게 하려는 것. 그것이 바로 이 책 속에 담긴 나의 꿈이다.

이어령

# 80초, 순간의 감동이
# 80년의 삶을 만듭니다

'이어령의 80초 생각나누기'가 처음 KBS TV에서 방영되었을 때 사람들은 나에게 물었습니다. 왜 80초냐고. 그 말을 듣고 나도 한참을 생각해보았습니다. 왜 80초인가. 우연히 붙인 것이라고 하면 사람들은 그냥 놔두지 않을 것입니다. 전화번호나 주민등록번호의 숫자에는 특별한 의미를 붙이지 않고 잘들 쓰던데 왜 80초에는 꼭 뜻이 있어야만 하는 걸까요?

하지만 사람들은 우연이나 무의미에 대해서 꽤 불안해하는 것 같기에 80은 다름 아닌 내 나이의 수를 의미하는 것이라고 했습니다. 그러면 금세 안심하는 눈치입니다. 정말 나는 내 나이 80에 처음으로 CF를 닮은 동영상 형식의 메시지를 발표하게 되었으니 말입니다.

그렇다고 언제나 똑같은 대답을 할 수는 없습니다. 그래서 물을 때마다 나는 조금씩 다른 대답을 합니다.
"80초의 8자를 눕혀 보세요. 무한대의 기호 '∞'가 되지 않습니까."
그러고는 거기에 조금은 현학적인 해설을 붙입니다. 그러니까 80초의 짧은 순간에 무한의 의미를 담은 것이라고 말입니다.

그런 말에 감탄을 하는 기색이 보이면 0자에 대해서도 풀이를 합니다. 그것은 단순한 영을 의미하는 것이 아니라 영원히 순환하는 우주 혹은 우주의 알(卵)이라고 덧붙이기도 합니다. 두 마리 뱀이 서로의 꼬리를 물고 있는 우로보로스(Ouroboros) 신화의 뱀에 대해서도 이야기해 줍니다.

　그래도 놀라지 않는 질문자에게는 80초의 8자를 눕히면 뫼비우스의 띠(Mobius Strip)가 된다고 말하기도 합니다. 안이 겉이 되고 겉이 안이 되는 이상한 띠. '안과 밖의 그 완고한 이항대립을 넘어서는 것이 80초 생각나누기의 로고'라고 말입니다.

　놀랍습니다. 유쾌합니다. 80이 마냥 즐거워집니다.

　그러나 훼방꾼은 어디에나 있습니다. 이따금 '80초 생각나누기'에 딴죽을 거는 사람이 있는 까닭입니다. 그러면 나는 역습의 기회를 얻어 80초에는 0이 몇 개 있는 줄 아느냐고 질문을 던집니다. 대개는 0이 하나지, 누굴 바보로 아느냐고 얼굴을 붉힙니다. 그러면 나는 틈을 주지 않고 8자를 자세히 봐라, 8에도 0모양이 아래위로 두 개가 포개져 있지 않느냐, 그러니 80초에는 0이 세 개나 들어 있는 것이 아니냐고 요술지팡이를 흔듭니다.

그래요. 요술지팡이 그것이 바로 '80초 생각나누기'입니다. 8자 하나를 놓고 우리는 이렇게 여러 가지 시점으로 다양한 사고를 할 수 있습니다. 혹은 잠시 의미의 세계에서 벗어나 우연과 자의성의 허공을 날며 즐길 수도 있습니다. 그것이 상상력을 낳고 창조의 씨앗을 뿌립니다. 귀에 못이 박힌 이야기, 먼지 묻은 단어들이 여름 아침 파란 푸성귀처럼 머리 들고 일어섭니다.

80초면 칫솔질하는 시간, 구두끈을 매는 시간, 엘리베이터 앞에서 기다리는 시간, 커피 한 잔 마시고 담배꽁초를 버릴 수 있는 자투리 시간입니다. 하지만 그렇게 짧은 시간을 가지고도 우리는 일생을 결정짓는 생각과 행동을 할 수 있습니다. 사랑한다는 말을 고백할 수도 있고 소금을 뿌려 악귀를 내쫓을 수도 있는 충분한 시간입니다. 80초는 물음표와 느낌표를 찍기에 충분한 시간입니다. 나는 늘 그러한 물음표와 느낌표의 순간 속에서 생각하고 행동합니다. 그리고 항상 거기에서 무엇인가를 창조해냅니다.

80년 동안 살아오면서 그러한 생각과 행동 그리고 창조의 순간들을 내 이웃과 함께 나누고 싶었는데 이제서야 이 책을 냅니다. 무엇보다 우리 뒤에 있는 미래의 아이들에게 80초의 순간들을 나눠주고 싶습니다.

젊은 세대들은 '감동했다.'고 말하지 않고 '감동 먹었다.'고 말합니다. 먹을거리가 없어서 배가 고팠었는데 오늘의 한국인들은 감동거리가 없어서 마음이 고픈가 봅니다. 그래서 굶주림의 보릿고개가 아니라 비정한 문명의 사막을 넘어야만 춤추고 노래하며 살 수가 있습니다.

그래서 젊은이들은 부지런히 인터넷을 검색하고 눈을 뜨면 트윗을 합니다. 유튜브에서 영상을 다운받고 그저 그렇고 그런 이야기인데도 수백, 수천 통 문자를 쏘아대어야 외롭지가 않습니다. 감동을 먹는다고 하고 눈물을 안습(眼濕)이라고 말하는 아이들에게는 인터넷 홈페이지가 자기 집인가 봅니다.

80을 한자로는 '八十'이라고 씁니다. 이 두 글자를 세로로 쓰면 우산을 뜻하는 산(傘) 자의 약자가 된다고 합니다. 생각을 나눈다는 것은 비 오는 날 우산을 함께 쓰고 가는 것과 같습니다. 80년 혼자 쓰고 살아온 내 우산으로 당신과 당신의 아이들을 받쳐 주고 싶습니다.

아닙니다. 우산이 아니라 지붕입니다. 세상이 아무리 변해도 우리의 생각과 마음이 거할 든든한 집이 있어야 할 것입니다. 아무리 추위도 아랫목 따뜻한 구들이 있고 한여름 뙤약볕에도 마루방 서늘한 바람이 있는 그런 집 말입니다. 그래야 추위에 떠는 손님에게 아랫목 구들을 내어줄 수가 있고 더위에 땀을 흘리는 사람에게 돗자리 깐 마룻바닥을 마련할 수 있을 것입니다.

80초를 공간으로 바꾸면 우산이나 초가지붕이 됩니다. 생각을 나눈다는 것은 바로 그 삶의 공간을 나눈다는 것입니다. 스티브 잡스는 위대한 창조자이기는 하지만 그가 만든 스마트폰은 결국 호주머니 안으로 들어가는 물건에 지나지 않습니다. 여기 '80초 생각나누기'의 이야기들은 비록 남루하나 사람의 가슴과 머릿속을 파고드는 글과 그림의 콘텐츠입니다. 그릇이 아니라 그릇에 담은 음식과도 같습니다.

끝으로 '80초 생각나누기'의 꿈을 현실로 만든 시공미디어의 박기석 회장과 실무를 맡아 일해 온 스태프들에게 감사를 드립니다. 무엇보다 아름다운 작품으로 졸문에 생기를 불어넣어 준 화백에게 술잔을 올리고 싶습니다.

이어령

차 례

느껴야
움직인다

# 길을 묻다

# 작은 생각 큰 마음

# 1

## 머니의 발·견

홀어머니를 모시고 사는 한 청년이 있었습니다. 취직을 하려고 했지만 면접 때마다 번번이 떨어졌어요.

마지막 기회라고 생각했던 면접에서도 떨어지게 되자, 청년 실업자는 회장님을 붙잡고 읍소했습니다.

"늙으신 홀어머니를 모시고 삽니다. 한 번만 더 기회를 주세요."

뜻밖에도 회장님은 관심을 보이면서 이렇게 대답했습니다.

"노모가 계시다고? 그러면 발을 씻겨 드리고 내일 다시 오게."

집으로 돌아온 청년은 회장님의 요구대로 생전 처음 어머니의 발을 씻겨 드리려고 했지요.

感動

누군가 말했습니다. 깃발이 나부낀다고.
그러나 다른 사람이 말했지요.
아니다,
깃발이 움직이는 것이 아니라
바람이 움직이는 것이다.
그러자 또 다른 사람이 말했어요.
아니다,
바람이 부는 것이 아니라
마음이 움직이는 것이다.

느껴야
움직인다

그 순간, 어머니의 발에 박힌 굳은살을 본 것입니다. 그것은 사람의 발이 아니었습니다.

거북이 등처럼 굳어진 발은 여기저기 갈라지고 발톱은 닳아 검게 오그라져 있었습니다.

'어머니가 나를 위해 가셨던 길들은 천 걸음인가, 만 걸음인가.'
아들을 위해 발바닥이 닳고 피멍이 들도록 걸어온 사랑과 슬픔의 흔적들이었습니다.

청년은 펑펑 쏟아지는 눈물을 감출 수 없었지요. 어머니의 발을 만져 보고서야 비로소 어머니의 마음을 만져 볼 수 있었습니다.
다음 날, 회사로 다시 찾아간 청년은 회장님에게 인사를 했습니다.

"회장님, 감사합니다. 회장님은 저에게 어머니의 사랑이 어떤 것인지 온몸으로 깨닫게 해주셨습니다."
면접도 마다하고 돌아서 나오려는 청년에게 회장님은 말했습니다.
"되었네. 내일부터 출근하게."

이 이야기는 실제로 일본 한 기업 면접시험에서 있었던 일이라고 합니다. 회장님은 왜 청년을 채용했을까요? 꼭 효자여서 그랬던 것만은 아니었던 것 같죠?

몸으로 어머니의 사랑을 느낄 수 있는 사원은 고객에게도 똑같이 관념이 아닌 가슴으로 대할 수 있기 때문일 것입니다

손으로 만져보세요.
머리로 생각하는 것과 다른 또 하나의 세계가
거기 있습니다.

 깊이 읽기 01에는 이 편의 깊은 생각이 담겨 있습니다

# 02
## '그래도'라는 섬

어느 시인이
한국에는 '그래도'라는
섬이 있다고 우겼습니다.

울릉도와 독도는 있어도
우리나라의 섬 3,358개 중에
'그래도'라는 섬은
어느 곳에도 없습니다.

그런데도
시인은 말했습니다.
불행한 일이 있을 때
살기 힘들 때

절망을 할 때
자신의 꿈과 소망이 산산조각이 나도
새로운 긍정을 만드는
섬이 있다고 말이지요.

그것이 바로
'그래도'라는 섬입니다.
'그래도'의 섬 안에서
우리는
쓰러지다가도 다시 일어나
앞을 향해 걸었습니다.

한국에 있다는 섬 '그래도'.

몇천 년을 두고
그래도 내 나라
그래도 내 고향
그래도 내 식구라고 말하며 살아온 한국인.

가난하고
어렵고
험한 역사 속에서도

'그래도'라는 섬 덕택에
시련을 이겨온 한국인.

절망이 앞을 가리고
외로움이 나를 가두어도
거센 폭풍이 불어와도
말하세요.

"그래도 나는 살아 있다."

 김승희 시인의 시집 『희망이 외롭다』를 참고하세요.

# 03
## 미키마우스의 신발

미키마우스가 귀여운 것은
동산에 떠오르는 달같이 생긴 귀도
흰 장갑 낀 그 손가락도 아닙니다.
호동그란 눈도 찢어진 입도 아닙니다.
꼬리는 더더욱 아니지요.

잘 보세요.
미키가 신은 신발.

몰래 신고 나온
아버지의 신발.
몸에 어울리지 않는
큰 신발은

어른이 되고 싶은
미키의 꿈.

작은 발로는 채울 수 없는
신발의 빈자리에는
아빠를 향한
나의 꿈이
숨어 있어요.

미키의 큰 신발은
미키의 날개.
질질 끌리지만 가벼운 신발.
나는 아버지 신발 훔쳐 신고
밖으로 나온 골목대장.

나에게도 내 발보다 더 큰 신발이 있어요.
그 비어 있는 공간이 바로 나의 꿈입니다.

# 04
## 국토와 국어에서 산다

금강산 산골 마을에 의좋은 남매 단둘이 살고 있었다고 합니다.

그런데 어느 날 누이가 병이 나자 동생은 약초를 캐려고 산으로 올라갔습니다.

하지만 밤이 되어도 동생이 돌아오지 않자 누이는 아픈 몸을 이끌고 마중을 나갔습니다.

추운 겨울밤 초롱불을 밝히며 애타게 기다리던 누이는 끝내 숨지고 맙니다.

봄이 되자 그 자리에 풀이 나고 초롱을 닮은 작은 꽃이 피어났습니다.

그것이 바로 금강산 언저리에서 자생하는 희귀종 초롱꽃 전설입니다.

세계로 알려진 이 금강 초롱꽃의 학명은 하나부사야 아시아티카 나카이(Hanabusaya asiatica Nakai)라고 합니다.

그런데 충격적인 것은 조선이나 한국이라는 나라 이름은 물론이고 금강산이나 초롱이라는 말은 흔적도 찾아볼 수 없다는 사실입니다. 그 대신 엉뚱하게도 하나부사(花房)라는 구한말의 초대 일본 공사와 그의 제안으로 조선 식물을 조사해 등록한 식물학자 나카이(中井)의 이름이 학명으로 등록된 것입니다.

초롱꽃뿐이겠습니까.

한국을 대표하는 인삼은 진생(ginseng)이라 부르고 옷칠은 아예 재판(japan)이라고 부릅니다.

매화는 재패니스 애플리컷(japanese apricot flower)이고 십장생의 단정학은 재패니스 크레인(japanese crain)이라고 합니다. 은행도 중국이나 한국이 아닌 일본식 한자 발음으로 징코(gingko)라고 부릅니다.

군사력이나 경제력만이 아닙니다. 나라의 힘은 말의 힘으로도 나타납니다.

나라는 흙으로 된 국토와 언어로 된 국어로 되어 있습니다.

그리고 국토를 지키는 것이 군인만이 아니듯이 국어를 지키는 것은 시인만이 아닙니다.

김치가 기무치로 불리지 않으려면
우리 모두가 시인이 되어야 합니다.

 깊이 읽기 04에는 이 편의 깊은 생각이 담겨 있습니다

# 05
## 눈물이 무지개가 된다고 하더니만

가난했던 시절의 이야기입니다.

도시락을 싸가는 고학년이 되자
아이의 가슴은 부풀었지요.

기다리던 점심시간, 부러웠던 언니들처럼
자랑스러운 마음으로 도시락 뚜껑을 열었습니다.

그런데 보세요.
그것은 새까만 꽁보리밥,
흰 쌀밥 도시락들 사이의 깜깜한 밥.
아이는 부끄러워
교실을 빠져나와 뒷마당에 숨었습니다.

어머니는 왜 도시락을 먹지 않았느냐고 물으셨지만
그저 배가 아파서라고 거짓말을 했지요.
이제는 꽁보리밥이라도 창피할 것 없다고
다음 날 점심,
아이는 도시락 뚜껑을 열었습니다.

보세요.
이번에는 보리밥이 아니라
진주알처럼 하얀 쌀밥.

"아, 엄니!"

이제는 눈물이 나
작은 소리로 어머니를 부르며
도시락 뚜껑을 덮었습니다.

어머니는 그날도 물으셨지요.
왜 도시락을 먹지 않고 그냥 왔냐고.
아이는 또
배가 아프다고 거짓말을 하려다가
엄마 가슴에 얼굴을 묻고
울음을 터뜨렸지요.

다 알아요.
어머니도 입을 다물고 눈물을 흘렸지요.

비가 와야
무지개가 뜬다고 하더니만
눈물이
무지개가 된다고 하더니만
정말 먹지 못한 도시락을
사이에 두고

슬프고
슬픈데도
행복했어요.

# 06
## 그것을 창이라고 부르는 이유

창을 가리키는
영어의 Window는
'바람의 눈(Wind+Eye)'이라는 뜻에서
나온 말이라고 합니다.

집에 창이 있다는 것은
영혼에 눈이 있는 것처럼
아름다운 일입니다.

우리는
똑같은 바람의 눈,
영혼의 눈으로
세상을 보고 배웁니다.

왜 학교를 배움의 창(學窓)이라 하고
왜 옛 친구를 동창(同窓)이라 불렀는지
이제야 알 것 같습니다.

창 앞에 서면
풀잎을 흔들던 작은 바람들이
마음을 흔드는
아주 작은 바람들이
맑은 시선으로 다가옵니다.

창문을 굳게 닫은 아이들을 우리는 자폐아라고 부릅니다.
지금 수백만 명의 사람들이 블라인드(Blind)를 내린
어두운 방 안에서 살고 있습니다.

창문을 여세요.
마음의 문을 여세요.
거기에
새로운 빛과 바람이 있습니다.

# 07

## 매 자국에서 꽃이

청개구리처럼
엄마 말을 안 듣는
말썽꾸러기 아이가 있었습니다.
매일같이 일을 저지르고 다니는
아이를 바로 잡기 위해서
그때마다
어머니는 매를 들었습니다.

달래고
겁을 주고
매질을 해도
아이는 날로 빗나가기만 했습니다.

또 종아리에서 피가 흐르도록
매를 많이 맞던 날,
어머니는 가슴이 아파 잠든 아이의 매 자국을
몰래 살펴보았습니다.

온통 피멍이 든 매 자국으로
아이의 종아리에는 성한 곳이 없었지요.
이제는 때릴 자리조차 남아 있지 않았지요.
어느새 어머니의 손은 아이의 종아리를
어루만지고 있었습니다.
어머니의 뜨거운 눈물방울이
아이의 멍든 매 자국을
적시고 있었습니다.

그 순간이었습니다.
자는 줄만 알았던 아이가
자리에서 벌떡 일어나 엉엉 울면서
어머니에게 빌었습니다.
"엄마 다시는 나쁜 짓 하지 않을게요.
다시는 엄마 속 썩이지 않을게요."

어머니의 부드러운 손길이,
어머니의 뜨거운 눈물이,

어떤 회초리보다 강했습니다.
어떤 매보다 무서웠습니다.
어머니가 자기를 사랑하지 않을까 봐
아이들은 늘 불안해하지요.

매 자국에서 사랑의 꽃이
피어나도록 만져 주세요.
꼭 안아 주세요.

# 08
## 잠은 솔솔

잠은 아무 소리도 없이 오는데
사람들은
잠이 솔솔 온다고도 하고
잠이 살살 온다고도 하고

눈은 아무 소리도 없이
조용히 내리는데
사람들은
눈이 펑펑 내린다고도 하고
눈이 사락사락 내린다고도 하고

새는 아무 소리도 없이
하늘에서 날고 있는데

사람들은
새가 훨훨 난다고도 하고
새가 씽씽 난다고도 하고

그러나 나도 들을 수가 있어요.
내가 엄마에게 뽀뽀를 할 때
엄마 가슴이
뛰는 소리를
내가 아빠에게 뽀뽀를 할 때
아빠 가슴이
뛰는 소리를

잠처럼 솔솔
눈처럼 펑펑
새처럼 훨훨
가슴이 뛰는 소리를
들을 수가 있어요.

# 09
## 사자의 눈

 짐승 가운데 인간의 눈을 제일 많이 닮은 것은 무엇일까요?

 동물학자들은 그것을 '사자'라고 합니다.

 힘이 센 백수의 왕이라서 그런 것은 결코 아닙니다.

 사자는 들판에서 사는 짐승이라 언제나 먼 지평을 바라보며
자랐기 때문이라고 합니다.

 인간은 멀리 바라볼 수 있기 때문에 인간인 것입니다.


 초식동물들은 발밑에 있는 풀만 보고 다니지요. 그래서 시야
가 아주 좁습니다.

 그리고 모든 것이 사자와 비슷해도 호랑이는 숲 속에서 살고
있기 때문에 먼 곳을 볼 수가 없습니다.

 그러나 두 발로 선 인간은 언제나 먼 곳을 바라보며 삽니다.

상상과 지식의 넓은 초원에서 사는 사람들은 사자처럼 '지금, 여기'의 발밑이 아니라 먼 내일과 더 넓은 지평을 꿈꾸며 삽니다.

비전입니다.
비전을 잃으면
인간의 모든 것을 잃게 됩니다.

# 10
## 느껴야 움직인다

감동
느낄 감(感)
움직일 동(動)
느껴야 움직인다.

풀을
움직이게 하라.
나무를
움직이게 하라.
사람을
움직이게 하라.
모든 움직임은
느낌에서 온다.

그러나
움직임에 방향이 없다면,
달리는 말에 고삐가 없다면
느낌은
낭떠러지로 추락한다.
느낌에
방향을 주라.
움직임에
화살표를 주라.

감동을 타고 우리는
한 번도 가 보지 못했던 나라로 간다.
느낄 감(感) 자에는
마음 심(心) 자가 있고
움직일 동(動) 자에는
힘 력(力) 자가 들어 있습니다.

감동,
마음의 힘입니다.
당신의 에너지입니다.

 깊이 읽기 10에는 이 편의 깊은 생각이 담겨 있습니다

# 11
## 생각하기

'사랑'이라는 말의 원래 뜻은 '생각'이었다고 합니다. 누군가를 사랑한다는 것은 그 사람을 오래오래 생각한다는 것. 그래서 옛날 사람들은 생각한다는 것을 곧 사랑한다고 했던 겁니다.

그리스나 로마 사람들도 그랬습니다. 그들은 '진실'의 반대말을 '거짓'이 아니라 '망각'이라고 했거든요.

거짓된 것은 금세 잊혀지지만 진실한 것은 노력하지 않아도 오래오래 마음속에서 지워지지 않지요. 첫사랑은 누구에게나 진실하고 순수한 것이었기에 죽을 때까지도 그 사람의 이름을 기억하게 됩니다.

내 주변에 있는 이웃들을 생각해 보세요.

느낌에
방향는
주라
움직임에
맞
살을
표
르르
주라

거기서 사랑이 생겨납니다. 그러면 또 그 사람들은 당신을 오래오래 기억하게 될 것입니다.

생각은 사랑을 낳고
진실은 많은 사람들의 추억이 되어
영원히 생생하게
살아나게 될 것입니다.

# 12
## 아버지와 손을 잡을 때

까치 한 마리가 뜰로 날아왔습니다.
치매기가 있는 백발노인이 창밖을 내다보다가
아들에게 물었습니다.
"애야! 저 새가 무슨 새냐?"
"까치요."
아버지는 고개를 끄덕이시더니 조금 있다 다시 물었습니다.
"애야! 저 새가 무슨 새냐?"
"까치라니까요."

아버지는 고개를 끄덕이며
창밖을 바라보시더니
또 같은 말을 하십니다.
"애야, 저 새가 무슨 새라고 했지?"

"몇 번이나 대답해야 아시겠어요!"
까치요, 까치라고요!"
그때, 옆에서 듣던 어머니가 한숨을 쉬고는
말씀하셨습니다.


"아범아. 너는 어렸을 때 저게 무슨 새냐고 백 번도 더 물었다.
'아빠, 저 새가 무슨 새예요?'
'응, 까치란다.'
'까치요? 아빠 저 새가 무슨 새예요?'
'까치야.'
'까치요?'


그럴 때마다 아버지는
'까치란다, 까치란다.'
몇 번이고 대답하시면서
말하는 네가 귀여워서 머리를 쓰다듬어 주셨지.
그래서 네가 말을 배울 수 있었던 거다."
언제부터인가 전해져 오는 이야기지만
들을 때마다 가슴이 내려 앉습니다.


그래요.
지금 힘없이 떨리는 저 손이
바로 내가 처음 발을 딛고 일어설 때 잡아 주셨던 그 손이었습니다.

땅바닥에 넘어져 무릎을 깼을 때
울던 나를 일으켜 세우시던 그 손.

코 흘릴 때 훔쳐 주시고
눈물 흘릴 때 닦아 주셨던 손.

이제는 매를 들어 때리셔도
아플 것 같지 않은 가랑잎처럼 야위신 손.

꼭 잡아 드리세요.
언젠가 나를 잡아 주셨던
아버지의 그 손을.

 깊이 읽기 12에는 이 편의 깊은 생각이 담겨 있습니다

# 13
# 나를 찾는 숨바꼭질

손톱 밑에 가시가 박히면
손톱을 보게 됩니다.
글을 쓰다 연필이 부러지면
연필을 보게 됩니다.

다칠 때, 넘어질 때
나는 비로소 나를 봅니다.

나를 찾는 숨바꼭질.
보통 때는 모르다가
실패를 하고 이마를 부딪치면 비로소
나는 숨어 있던 나를 찾아내지요.

서 있는 것보다는
앉아 있는 것이 편하고
앉아 있는 것보다는
누워 있는 것이 편합니다.
편한 삶을 거부하세요.
죽음이란 영원히 누워 있는 것.
살아 있다면 일어서세요.

이마를 부딪치면서
나를 찾는 술래가 되세요.

# 14
## 사랑의 계산법

시골의 어머니가
군대에 간 아들을 보려고
찾아 오셨습니다.

아직도 따뜻한
떡 보자기를 받아든 아들은
목이 메었습니다.

눈물을 글썽이던 아들은
그동안 아껴 두었던
만 원짜리 지폐 한 장을
떠나는 어머니의 짐 속에
몰래 넣어 드렸지요.

어머니를 배웅하고 돌아와
떡 보자기를 펼치니

급할 때 용돈으로 쓰라는
어머니의 짧은 사연과 함께
만 원짜리
지폐 한 장이
끼워져 있었지요.

아들은
어머니에게 만 원을 드렸고
어머니는
아들에게 만 원을 주었으니
주고받은 금액을
숫자로 계산해 보면 0원이 되지요.

그러나
어머니는 분명
아들에게서 만 원을 받았고
아들은 분명
어머니에게서 만 원의 용돈을
받은 것입니다.

이것이 바로
GDP의 통계 숫자에
포함되지 않는
사랑의 계산법입니다.

어머니도 아들도
그날 지금까지 없던
새 만 원 지폐 한 장이
생긴 것이지요.

정과 사랑까지 계산하는
국내 총생산에는
분명 이만 원이
더 증가되어 있었을 겁니다.

# 15
## 비단신

외국의 속담이라고 했습니다.
'비단신을
신지 못한 아이는
앉은뱅이를
볼 때까지 운다.'

예, 그래요.

비록 남루한 신발을 신었지만
두 발이 있는 한
언젠가 비단신을
신을 수 있다는
희망이 있습니다.

가난에 대하여
소외에 대하여
우리는 부조리한 사회를 원망하고
억압하는 나라를 향해 불평을 합니다.

자신의 불행에
억울해 하고
비정한 현실에
분노를 느낍니다.

그러나
두 다리가 있으면
언젠가
비단신을 신을 수 있듯이
나라의 몸통을 잃지 않는 한
우리에겐 미래가 있고
희망이 있습니다.

나라
가정
직장
우리의 다리를 자르지 마세요.

어느 날 아침,
어머니가 사 놓으신
새 운동화를 발견하고
행복해했던 것처럼

두 다리가 있어야
희망도 있으니까요.

# 16
## 시인

　추운 겨울날, 시인은 불을 피우기 위해 마지막 남은 장작을 팼습니다. 도끼를 내려치는 순간 문득 토막 난 장작 모퉁이에서 파란 새싹이 돋아나고 있는 것을 보았습니다.

　시인은 차마 도끼를 내리칠 수 없었습니다.
　거기 생명이 있었기 때문입니다.
　시인은 방으로 돌아와 추위에 떨면서 추운 겨울밤을 보냈습니다.

　여름날 새벽, 시인은 목이 말라 우물가로 갔습니다. 그런데 두레박줄에는 나팔꽃 넝쿨이 감겨 있었습니다.
　아!
　시인은 차마 나팔꽃을 두레박줄에서 떼어 놓을 수 없어 갈증

을 참았습니다. 죽은 장작에도 생명이 있다는 것을 두레박줄에
도 생명의 넝쿨이 있다는 것을 시인들은 압니다.

그래서 시인들은 늘 추위에 떨고 그래서 시인들은 늘 목말라
합니다.

시인이 어디 따로 있습니까.
지금 살아가면서 추위하는 사람
목말라 하는 사람이면
누구나 생명의 시인이 됩니다.

# 17
## 구구소한도

겨울이 오면
사람들은 장작을 쌓고 난로를 피우며
겨울의 추위를 이겨내려 합니다.

하지만 옛날 사람들은
동짓날이 되면
구구소한도(九九消寒圖)를 그렸습니다.

구구팔십일(9×9=81)
여든한 송이의 하얀 매화(白梅)를
그려 창문에 붙였지요.
그리고 하루에 하나씩 붉은 칠을 해서
홍매(紅梅)를 만들어 갔습니다.

아무리 춥고,
눈보라가 몰아치고,
삭풍에 문풍지가 울더라도
그들은
매화꽃 송이송이에
봄을 기다리는 마음을
붉게 칠하며
겨울을 보낸 것이지요.

드디어
마지막 한 송이의 매화가
붉은색으로 칠해지면
정말 봄이 오는 거예요.
그림 속 매화가 아니라
봄을 알리는 매화가
창밖에 활짝 피어 있는 것을
볼 수 있었지요.

구구소한도로
추위를 이겨낸 그 마음이
지금도 한국인의 가슴속에 살아 있어요.

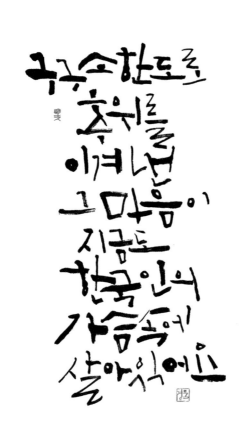

구구절절토록
추위를
이겨낸
그 마음이
지금도
한국인의
가슴속에
살아있어요

구구팔십일,
여든한 개의 매화를 그려요.
흰 매화 한 송이마다
붉은 칠을 하세요.


테러와 공해 그리고 경제 공황
지금 우리에게 다가오고 있는

이 지구의 겨울도
분명 그렇게 이겨낼 수 있을 겁니다.

 깊이 읽기 17에는 이 편의 깊은 생각이 담겨 있습니다

# 18

# Stay Hungry,
# Stay Foolish!

스티브 잡스는 스탠퍼드 대학교의 졸업식에서 이렇게 말했어요.
"Stay Hungry, Stay Foolish!"
배고픔을 멈추지 마라. 우직한 꿈을 버리지 마라.

끝없는 지적 호기심, 그리고 비전을 찾아
계산하지 않고 어려운 길을 찾아가는 젊은이들의 열정.
학교에서 배운 어떤 지식이나 이론보다도
이 한마디가 사회로 나오는 졸업생들에게는
잊을 수 없는 추임새가 되었을 것입니다.

학생들은 플래카드를 들고 외쳤습니다.
"스티브, 당신과 함께 일하고 싶어요!"
단순한 구직이 아니라 그를 멘토로 삼아
창조적인 인생을 살고 싶었던 것입니다.

포식을 하면 사람이나 짐승이나 잠을 잡니다.
사슴을 잡아먹고 나무 그늘에서 잠자고 있는
사자와 호랑이는
먹이를 사냥할 때의 그 사자와 호랑이와는 다릅니다.
먹어도 먹어도 배고픈 것이
지적 호기심이며
창조적 상상력입니다.

남들이 해가 돈다고 할 때
땅이 돈다고 한 갈릴레오는 바보였지요.
그래요. 자전거나 만들던 라이트 형제가
비행기 실험을 할 때
사람들은 모두 바보라고 했지요.
백의종군을 한 이순신 장군도 바보고,
대동여지도를 만들다 옥살이를 한 김정호도
바보입니다.

배고픈 사람과
바보가 만들어가는 세상,
그것을 우리는
'원더랜드'라고 부릅니다.

# 19
## 영원한 경주

사자는 정글에서
밤마다 기도하며 잠이 든다.

날이 밝고 아침이 와
가장 걸음이 느린 가젤보다 빨리 달리지 않으면
굶어 죽을 것임을 걱정하면서.

가젤은 정글에서
밤마다 기도하며 잠이 든다.

날이 밝고 아침이 와
가장 걸음이 빠른 사자보다 빨리 달리지 않으면
밥이 되고 말 것임을 걱정하면서.

사자나 가젤이나
모두 알고 있다.
아침이 되어 태양이 떠오르면
모두 달려야 한다는 사실을.

이것은 세계의 경쟁자들이 모여 살아남기 위해
치열한 싸움을 벌이는 실리콘밸리 벤처기업들의
추임새 같은 노래라고 합니다.

하지만 여기에 한 줄을 더 붙이세요.
아무리 강해도 사자의 자연 생존율은
20퍼센트를 넘지 못하는데,
먹히기만 하는 가젤의 생존율은
사자의 배가 된다는 사실을.

약육강식
쫓는 자와 쫓기는 자

그러나 시선을 바꿔 보세요.
과연 누가 강자이고
누가 약자인가를.

이겼다고 포효하지 말아요.
졌다고 눈물 흘리지 말아요.

힘을 다해 달릴 수 있는
초원이 있는 한
모두다 행복한 거예요.

살아 있다는 것
숨이 멈추도록 뛸 수 있는
심장의 고동소리는
이토록 기막힌 생명, 승자의 노래인 것을.

# 20
## 사람의 발자국

먹을 것, 입을 것, 잠자는 것까지 무인도의 로빈슨 크루소는 혼자 힘으로 다 했어요. 일기도 쓰고 성경도 읽고 우산 같은 물건도 만들었지요. 하지만 함께 울어 주고 함께 손뼉 칠 사람은 없었지요.

사람 없는 섬이었으니까.

그런데 로빈슨 크루소가 무인도에 와서 제일 놀라고 무서워했던 것이 무엇인지 아십니까?

그것은 바로 해변 백사장 위에 찍힌 사람의 발자국이었지요. 무인도에서 제일 그리워했던 것이 사람이었는데 목마르게 찾던 것이 사람이었는데 막상 사람의 발자국을 발견했을 때 그는 호랑이를 만난 것보다 사자를 만난 것보다 더 두려워했습니다.

야만인은 사람을 잡아먹고 문명인은 사람을 노예로 만들어 팝
니다. 그래서 사람이 제일 무서워하는 것이 사람.

  그렇지요. 무인도가 따로 있습니까.


천만 명이 사는 도시라 할지라도
사람의 발자국을 두려워하는 것.
그것이 바로
무인도인 것입니다.

# 21
## 어미 곰처럼

곰의 모성애는
인간보다 더 깊고 따뜻하다고 합니다.
하지만 어린 것이 두 살쯤 되면
어미 곰은 새끼 곰을 데리고
산딸기가 있는 먼 숲으로 간다고 합니다.
평소에 눈여겨보았던 산딸기밭이지요.

어린 새끼는 산딸기를 따 먹느라고
잠시 어미 곰을 잊어버립니다.
그 틈을 타서 어미 곰은
몰래, 아주 몰래
새끼 곰의 곁을 떠납니다.

그렇게 애지중지 침을 발라 기르던 새끼를
왜 혼자 버려두고 떠나는 걸까요?
왜 그렇게 매정하게
뒤도 돌아보지 않고
떠나는 걸까요?

그 이유는 간단합니다.

그건
새끼가 혼자서 살아가도록
하기 위해서지요.

언제까지나
어미 품만 의지하다가는
험한 숲 속에서
생존할 수 없기 때문입니다.

발톱이 자라고 이빨이 자라
이제 혼자서 살만한 힘이 붙었다 싶으면
어미 곰은 새끼가 혼자 살 수 있도록
먼 숲에 버리고 오는 겁니다.

새끼 곰을 껴안는 것이
어미 곰의 사랑이듯이
새끼 곰을 버리는 것 또한
어미 곰의 사랑인 거지요.

그래요.
우리에게도 그런 사랑이 있습니다.
지금부터 세상에서 제일 맛있는
산딸기밭을 눈여겨봐요.
아이들이 정신을 팔고 있는 동안
몰래 떠나는 슬픈 사랑의 연습도 해둬야 합니다.

눈물이 나도
뒤돌아보지 않는
차가운 사랑을 말이지요.

그게 언제냐고요?

벌써 시작되었습니다.
처음 걸음마를 배울 때
잡았던 두 손을 놓아주었던 때가 있었잖아요.
그때부터 시작된 일이지요.

매일매일 무릎을 깨뜨리는
아픔이 있더라도
어머니와 따로 살아갈 수 있는
그 걸음마를 위해
손을 놓아주세요.

탯줄을 끊는 순간부터
그 연습은 시작된 것입니다.

어머니에게는
또 하나의 사랑,
얼음장 같은 차가운 사랑이
있어야 하는 것입니다.

# 22

## 활이 아니다, 하프가 되거라

보아라.
이것은 활이란다.
화살을 끼우고 그 줄을 당기면
반달 같던 활이 보름달처럼 커지고
팽팽한 활시위를 튕기면
화살은
아주 빨리 아주 힘차게 날아간단다.
그렇단다.
'쏜살같이'라는 말이 그래서 생긴 것이지.

보아라.
이것은 하프라는 악기란다.
큰 활처럼 생겼지.

이 줄들을 튕기면 아름다운 물방울,
은방울 같은 예쁜 소리가 울린단다.
사람들은 그 소리에 맞춰
노래를 부르고 춤을 춘단다.

보아라. 활은 사냥터에서,
전쟁터에서 쓰는 거란다.
사냥터에서 화살을 맞은 사슴은
그 자리에서 죽고 만단다.
전쟁터에서 화살을 맞은 사람은
그 자리에서 죽고 만단다.

하프 그리고 가야금, 거문고, 기타, 바이올린
줄 달린 모든 현악기들은 활시위에서 생긴 거란다.
화살은 살아 있는 모든 것들의
목숨을 빼앗지만
줄 달린 악기들은
죽어 있는 것들에게도 목숨을 준단다.

활은 전쟁,
하프는 평화!

활로 하프의 현을 만든 사람처럼
네가 크거든
활시위를 모아 예쁜 소리를 내는
가야금을 만들거라.

날아가는 화살이 아니라
궁상각치우
가슴을 뚫고 적시는 노랫소리를
울리게 하라.

알겠니.
활이 아니다.
하프란다. 가야금이란다.
날아가는 화살이 아니라
손끝에서 퉁기는 맑은 생명의 소리란다.

활이 아니다.
하프가 되거라.

# 23
## 사랑한다는 것

셰익스피어의 전 작품을 검색해 보면
사랑이라는 말이
2,271번 나온다고 합니다.
사랑할 때
영미 사람들은
"I love you."라고 하고
프랑스 사람들은
"Je t'aime."라고 하고
독일 사람들은
"Ich liebe dich."라고 하고
중국 사람들은
"我愛你."라고 하는데
그것은 모두

'나는 당신을 사랑합니다.'라는 뜻입니다.

하지만
한국 사람들은 여간해서
"나는 당신을 사랑합니다."
라고 말하지 않습니다.
사랑이라는 말을 입 밖에 낼 때에도
'나', '너'라는 말 다 빼고
그냥 "사랑해."라고 하지요.

사랑은 단둘이 있을 때 하는 말인데,
말하는 사람이 나이고 듣는 사람이 너인데,
"I love you."
왜 굳이 'I'라고 말하고 왜 꼭 'You'라고 해야 합니까?

사랑은
너와 내가 하나 되는 것.
사랑에 '너'가 있으면 이미 사랑이 아닌 것.
사랑에 '나'가 있으면 이미 사랑이 아닌 것.

하트 모양으로
두 손이 하나가 되는 것.
왼손, 오른손이 하나가 되는 것.

아닙니다.
사랑은 사랑이란 말도
거부합니다.

느끼고
숨 쉬고
웃음 짓는 것,

그냥 보면 다 아는 것,
만지면 잡히는 것,
말하지 않아도 다 아는 것.

그것이
사랑입니다.

# 24
# 한석봉의 어머니가 아닙니다

불을 끈 방 안에서 어머니는 칼을 들어 가래떡을 썰고 아들은 붓을 들어 글씨를 썼습니다. 어머니가 썬 떡은 어둠 속에서도 그 크기와 모양이 똑같아 한 치도 어긋남이 없었지만 아들이 쓴 그 붓글씨는 삐뚤빼뚤 어지럽기만 했습니다.

아들아,
자만하지 말라.
아직도 네 공부는 멀었다.
어미가 가래떡을 썰 듯이 매일매일 한시도 잊지 말고 글씨 쓰기를 게을리하지 말라.

어머니의 가르침대로 집을 나가서는 돌다리에 글씨를 쓰고 집에 들어와서는 질그릇이나 항아리에다 글씨 연습을 했다고 합니다.

이것은 우리가 다 알고 있는 한석봉의 어머니와 그 아들의 설화입니다. 어머니의 가르침으로 석봉은 조선 제일의 명필가로 국가의 문서를 다루는 사자관이 되어 그 이름을 중국에까지 떨쳤습니다.

하지만 이제는 아닙니다.

불을 끈 방 안에서 떡을 썰듯이 지금은 사람이 기계처럼 반복하는 노동의 시대가 아닙니다. 아무 뜻 없이 암기하고 규격에 맞춰 길들여진 숙련공보다 나만의 개성과 창조력을 길러야 할 때입니다.

『스마트 맙(Smart Mobs)』을 쓴 하워드 라인골드(Howard Rheingold)는 그 책 헌사를 학교 선생님이셨던 어머니에게 바쳤습니다.

'색칠하는 그림 공부를 하다가 선 밖으로 크레용 색이 삐져나가도 야단치시지 않았던 어머니에게 감사를 드린다.'라고 말입니다.

불 꺼진 방이 아닙니다. 대낮 햇빛이 쏟아지는 벌판, 360도로 열린 광장에서 가르치세요. 삐뚤빼둘 글씨를 써도 좋습니다.

큰 붓을 들고
네가 쓰고 싶은 글을 마음대로 대지 위에 쓰라고.

# 25
## 따뜻한 청진기

청진기 하면 목에 청진기를 걸친 의사 선생님이 떠오릅니다.

아이들이 나무 막대기 끝에 귀를 대고 소리를 듣는 놀이를 보고 프랑스의 의사 르네 라에네크(Rene Laennec)가 발명한 것이라고 합니다.

그것이 거의 200년 전의 일이라고 하니 그동안 얼마나 많은 의사들이 얼마나 많은 환자들에게 이 청진기를 사용해왔을까요.

그런데도 우리는 아직 한국의 한 여의사처럼 청진기를 가슴에 품고 있다가 환자를 진찰했다는 이야기는 듣지 못했습니다.

청진기의 체스트 피스는 차갑습니다. 환자는 그것이 가슴이나 배에 닿는 순간 선뜩한 느낌을 받지요. 임산부라면 복중의 태아가 놀랄 것입니다.

그런데 60년 전, 막 병원을 차린 한국의 한 여의사는 그 청진기를 자기 가슴에 품었습니다. 몸으로 덥혀진 그 따뜻한 청진기 덕분에 환자들은 언제고 편안하게 진찰을 받을 수가 있었습니다.

보세요.

이 따뜻한 청진기 하나가 그 뒤에 큰 병원이 되고 대학교가 되고 소중한 연구소와 수많은 사회 봉사 단체로 변화하고 발전해 갔습니다.

따뜻한 청진기 하나가 지금 병든 사회를 진찰하고 고통 받는 사람들에게 빛이 되어주고 있습니다.

그 원리는 아주 간단합니다.
"내 이웃을 내 몸처럼 사랑하라."

이 이야기는 가천대학교 이길여 총장의 실화를 토대로 만든 이야기입니다. 중국의 고전 『삼자경(三字經)』에도 이와 비슷한 이야기가 나옵니다. 황향(黃香)이 아홉 살 때 부모님의 잠자리를 자기 몸으로 덥혔다는 고사이지요. 겨울밤 부모님이 잠자리에 들어가실 때 한기를 느끼시지 않도록 미리 이부자리를 자기 몸으로 덥혔다는 일화입니다. 그러나 이 효는 아랫사람이 윗사람을 섬기는 '가족의 윤리'이지만, 위에 있는 사람이 동등한 또는 그 아래에 있는 사람에게 베푸는 마음은 '섬김의 리더십'입니다. 남을 배려하는 이 '사회 윤리'야말로 지금 우리에게 가장 필요한 덕목입니다.

지혜

智慧

요즘 젊은이들은
누가 뭘 물어보면 이런 대답을 하죠.
"네이버에 물어봐!", "구글에 쳐봐!"
친절한 친구들은 바로 엄지로
스마트폰으로 검색해서 그 자리에서
답을 찾아주기도 합니다.
그러나 엄지가 내 머리와 가슴을
대신해줄 수 있을까요

길을 물어

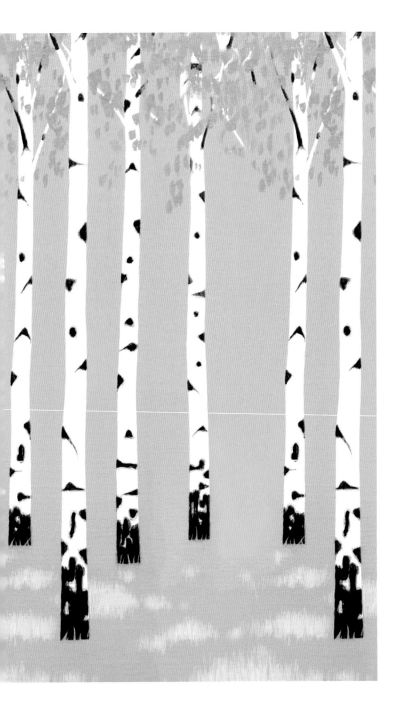

# 26
## 정보의 속도와 마음의 속도

5 MONTHS

콜럼버스가
신대륙을 발견했다는 사실을
이사벨라 여왕에게 전하는 데는
꼭 다섯 달이 걸렸다고 합니다.

2 WEEKS

유럽 신문들이
링컨 대통령의 암살을
보도하는 데는
2주일이 걸렸다고 합니다.

## 1.3 SECOND

그러나 우주인 암스트롱은
달에 도착한 지 1.3초 만에
지구에 그 소식을 전할 수 있었습니다.

지금은
빛의 속도로 정보를
나누는 인터넷 세상.
하지만 우리는 한 지붕 밑에 살면서도,
가족끼리 말하는 시간은
분 단위로 줄어들고 있어요.
제각기 자기 방 안에서
메일을 보내고
휴대전화를 걸지요.

통신 위성이
지구 구석구석을 이어주는데
바로 옆 아파트의 독거노인의 죽음은
우편물이 문 앞에 쌓여야만
비로소 아는 세상입니다.

정보통신(情報通信)을 한자로 써 보세요.
영어에는 없던 정(情)과 믿음(信)이라는
두 글자가 나타날 겁니다.

이 두 글자만 있으면
정보 홍수의 시대에
노아의 방주를 만들 수 있어요.

정과 믿음의 방주 속에서 내 이웃들과
올리브를 물고 오는 비둘기의 소식을
들을 수 있을 것입니다.

# 27
## 호저의 공간


호저는 고슴도치처럼 온몸에 날카로운 바늘이 돋친 짐승입니다. 그런데 어느 추운 겨울날 산속에서 이 호저 두 마리가 만났습니다. 호저들은 몸을 덥히려고 서로에게 다가갔습니다.

하지만 가까이 가 몸을 붙이자 날카로운 바늘이 서로를 찔렀습니다.

"아이, 따가워!"

놀란 호저는 얼른 몸을 피하고 도망쳤지요. 그러나 이번에는 매서운 추위로 몸을 떨었습니다.

"아이, 추워!"

다시 호저는 추위를 피해 서로에게 다가갔습니다.

"아이, 따가워!"

이번에도 마찬가지로 가시에 찔려 피가 납니다.

떨어지면 춥고 다가가면 찔리고 "아이, 추위!" "아이, 따가워!"
를 되풀이하다가 호저는 이윽고 너무 떨어져 춥지도 않고 너무
가까워 찔리지도 않는 이상적인 거리를 발견하게 됩니다.

철학자 쇼펜하우어(Schopenhauer)는 우리에게 말했지요.
"사람과 사람 사이, 그것은 호저들의 안타까운 모순 속에 숨어
있다."라고. 자아의식과 집단의식, 인간의 삶은 추위 속의 호저와
같습니다.

어머니는 늘 말씀하셨지요.
"애야, 사이좋게 놀아라."
그러나 우리는 '사이'라는 말이 무엇인지 잘 모르고 지금까지
자랐습니다. 현명한 호저는 찔리지도 춥지도 않은 사이를 찾아
냅니다. 어머니가 말씀하신 것처럼 사이좋게 살기 위해서….

한자의 '集(집)' 자는 새(隹)가 나무(木) 위에 모여 있는 모양을
딴 것이라고 합니다. 나무 위에, 전신줄 위에 모여 앉아 있는 새
들의 모습을 보세요. 오선지 위의 음표처럼 일정한 사이를 두고
떨어져 있지요.

새들은 혼자 날아갈 때를 위하여 함께 모일 때에도 날개를 펼
만큼의 거리를 둡니다.

'함께 그러나 따로'
이 모순어 속에
추운 문명의 겨울 속에서도
사이좋게 살아갈 여러분들의 지혜가
담겨져 있습니다.

이 이야기는 독일 철학자 쇼펜하우어(Arthur Schopenhauer)의 『수상록 (Parerga und Paralipomena, Volume II)』에 나오는 우화입니다. 이 우화에 대하여 정신분석의 창시자인 프로이트(Sigmund Freud)가 1921년 '집단심리학과 자아의 분석'이란 글에서 소개 분석하였고 그 뒤 미국의 벨라크(Leopold Bellak)가 1970년 출간한 『호저의 딜레마(Porcupine's Dilemma)』를 통해서 세상에 널리 알려지게 되었습니다. 그러나 실제 호저들은 우화의 내용과는 달리 서로의 몸을 밀착시킬 경우에는 바늘이 없는 머리 부분을 맞댄다고 합니다.

# 28
## 모든 것에는 결이 있어요

한국말에는 참으로 많은 결이 있습니다.
나무에는 나뭇결
물에는 물결
사람의 살에는 살결이 있지요.
머리에도 머릿결이 있고
눈에도 눈결이 있고
마음에도 마음결이 있지요.

종이를 찢어 보세요.
결을 따르지 않으면
마음대로 찢기지 않습니다.
옥을 갈 때에도 결을 거스르면
다른 돌과 다름없이 빛이 나지 않습니다.

그래서
이치(理致)를 밝히고
순리(順理)를 따르고
사리(事理)를 따지고 분별하는 말에는
모두 '理' 자가 붙어 있지요.

생각하고 행동할 때마다
결부터 찾아가세요.
꿈결을 따라 마음의 결,
삶의 결을 따라가면

땅이 보이고 하늘이 보이고
세상이 한결 아름다워질 것입니다.

# 29
## 콩 세 알

할아버지와 손자가
밭에서 콩을 심고 있었습니다.

손자가 흙에 구멍을 내면
할아버지는 콩 세 알을 넣고
흙을 덮었습니다.
손자가 이상해서 물었습니다.

"할아버지, 구멍 하나에 콩 한 알만 심으면 되지
왜 세 알씩 넣으세요?"

할아버지는 구슬땀을 씻으며
허허 웃으십니다.

"그래야, 하늘에 나는 새가
한 알 먹고
땅에서 사는 벌레가
한 알 먹고

나머지 한 알이 자라면
사람이 먹는 거란다."

맞아요.
그렇게 굶주리고 배가 고픈데도
감 하나를 따지 않고 남겨두는
까치밥.
밭에서 일하던 농부들이
곁두리를 먹기 전에 음식을 던지는
고수레의 풍습.

콩 세 알을 뿌리는
이 마음을
옛 조상들은
삼재사상(三才思想)이라고 불렀습니다.
천(天), 지(地), 인(人)
하늘, 땅, 사람의 세 힘이
한데 어울려 사는 세상.

할아버지,
왜 콩 한 알이 아니라
콩 세 알이지요?
농약을 뿌려
사람 혼자 먹는 농사가 아니었던 시절

할아버지와 손자는
하늘을 보고 땅을 보고
크게 웃었습니다.

 깊이 읽기 29에는 이 편의 깊은 생각이 담겨 있습니다

# 30
## 먼 미래

'어제'는 과거
'오늘'은 현재
그리고 '내일'은 미래를 뜻하는 말입니다.

그런데 '어제'도 '오늘'도 순수한 우리 토박이말인데, 웬일인지 '내일'만은 올 래(來)와 날 일(日)의 한자에서 온 말입니다.

분명 '내일'을 뜻하는 우리말이 있었을 텐데 언제부터인가 그 말을 잃고 살아온 것입니다.

고려 때의 『계림유사』를 보세요. 우리말의 발음을 이두처럼 한 자음으로 병기한 것에 분명 어제는 '흘제(屹㦿)', 오늘은 '오날(烏㨖)', 그리고 내일은 '할재(轄㦿)'로 기재되어 있습니다.

그래서 내일을 순수한 우리말인 올제 혹은 하제로 복원하자는 사람들도 있어요.

어제와 오늘의 우리말은 지켜왔는데 어째서 내일을 뜻하는 말은 한자말에 먹히고 말았을까.

우리 민족의 내일을 빼앗기거나 잃어버린 것 같아 한숨이 나오기도 합니다.

하지만 걱정 마세요. 조금만 더 생각해 봐요. 왜냐하면 우리에겐 내일보다 더 먼 '모레'라는 말, '글피'라는 말, 그리고 그보다 더 먼 '그글피'라는 말까지 있잖아요.

중국말, 일본말에도 그글피라는 말은 찾아볼 수 없어요. 영어로 한번 그글피를 써 보세요.

'Three days after tomorrow'

어때요. 참으로 복잡합니다. 단어가 아니라 문구로 나타낼 수밖에 없어요.

그래요. '내일'은 없어도 '모레'는 있는 민족.

같은 불교라도 한국에 오면 륵불 신앙으로 변하지요. 당장 내일이 아니라 56억 7,000만 년 뒤에 성불하여 인간을 구제하러 온다는 미륵불을 향해 허리 굽혀 손을 모았습니다.

그래서 지금, 백 년의 압제가 천 년의 가난이 그리고 만 년 동안의 방황이 기적의 씨앗처럼 번영의 꽃으로 피어나고 있습니다.

우리를 침략한 저 강대했던 거란과 여진과 몽골이 어디 있나요. 청나라, 만주가 어디 있나요.

이제는 미륵불이 아니라 먼 미래를 위해서 조금만 더 참고 IT, BT, NT, 새로운 기술에 영혼을 불어넣으세요.

산업화, 민주화에서 한 걸음 더 나아가 생명화의 새로운 숨 고르기를 하세요.

조금만 더 참고 내일보다 먼 모레를 위해서 지금 품 안의 아이들을 놓치지 말아요.

남의 나라 말에는 없는,
그글피가 있잖아요.

# 31
## 길을 묻다

한 젊은이가 양치기 할아버지에게 길을 물었습니다.

"할아버지, 아테네로 가는 중인데 해 저물 때까지 들어갈 수 있을까요?"

할아버지는 아무 대답도 하지 않고 그냥 쳐다보기만 합니다.

"할아버지, 해 저물기 전에 아테네에 들어갈 수 있겠느냐고요?"

할아버지는 여전히 대답을 하지 않았습니다.

"해 저물기 전에 아테네에 갈 수 있느냐고 물었습니다."

세 번째 물음에도 반응이 없자 젊은이는 욕을 하고는 그냥 가던 길을 걸어갔습니다. 그제서야 할아버지는 걸어가는 젊은이의 뒷모습을 보고 입을 열었습니다.

"이보게, 젊은이! 그런 걸음걸이로 가면 해 지기 전에 도착할 수 있겠네!"

사람마다 걷는 속도는 다 다릅니다. 그래서 할아버지는 젊은이의 걸음걸이를 확인한 다음에 정확한 대답을 알려 주었던 것입니다.

이것이 바로 근대 서구 문명을 낳은 합리적 과학 정신입니다.

한양으로 가던 나그네가 밭에서 일하던 아주머니에게 길을 물었습니다.
"아주머니, 한양까지 몇 리 남았나요?"
"고개 넘어 십 리만 더 가슈."
고개를 넘어 한참을 걸었는데도 한양은 보이지 않았습니다. 이번에는 밭에서 일하던 아저씨에게 물었습니다.
"아저씨, 한양까지 몇 리 남았나요?"

"고개 넘어 십 리만 더 가슈."
나그네는 또 고개를 넘어 한참을 갔지만 한양은 나타나지 않았습니다.

이번에는 밭에서 일하던 할아버지에게 물었습니다.
"할아버지 한양 가려면 몇 리나 더 가야 하나요?"

"고개 넘어 십 리만 더 가슈."

드디어 나그네는 짜증을 냈습니다.

"고개 넘어 십 리라고 하더니 또 십 리에요?"

"어차피 갈 길인데 멀다고 하면 맥만 빠지지. 십 리쯤 남았다고 하면 기분도 좋고 기운도 날 게 아닌가."

숫자로 따지는 세계와 마음으로 재는 세계가 만나는 동양과 서양.

두 길을 통합하여 만드는 창조의 세계.

그곳에
다양한 빛이 모여 하나가 되는
무지개가 뜹니다.

사랑길
Sud
2014

숫자로
따지는
세계와
마음으로 재는
세계가 만나는
동양과
서양
두 길을 통합하여 만드는
창조의
세계

# 32

## 두더지보다 부자세요?

들토끼 가운데는 자기 몸무게보다 100배가 넘는 건초를 저장하는 녀석이 있나 봐요. 추운 겨울을 나기 위해서 먹을 것을 예비해 두는 거지요. 두더지들은 지렁이를 반만 먹고 나머지는 자기 굴속으로 끌고 간대요. 훗날 키워서 먹으려고 지금의 배고픔을 참는 거지요.

800마리나 되는 지렁이를 키우고 있는 두더지의 농장을 발견한 적도 있다나 봐요.

해오라기는 벌레를 잡아 냇물에 떨어뜨린대요. 그것을 먹으려고 모여드는 물고기를 잡으려고요. 작은 것을 투자하여 더 큰 먹이를 얻는 거지요. 토끼보다는 두더지가 낫고 두더지보다는 해오라기가 더 나아요.

그런데 저축은 하고 계세요? 내일을 위해서 투자를 하시는지요?

정말 사람들이 토끼보다 두더지보다
그리고 해오라기보다 더 슬기롭다고 생각하세요?

# 33
## 반 고흐의 구두

반 고흐는 낡은 구두 그림을
많이 그렸습니다.

비평가들은 그 구두를 놓고
이런저런 해석을 늘어놓았지만
그 구두가 무슨 일을 저질렀는지는
한 번도 말한 적이 없었습니다.

반 고흐의 그림을 좋아해서
그것을 동양의 화풍으로 비슷하게 그린
풍자개(豊子愷)라는 중국의 화가가 있었지요.

하지만
그 화가가 그린 구두는

반 고흐의 그것과는 아주 달랐습니다.
단단한 구두창이 길 위의 버러지 한 마리를
막 짓밟아 죽이려는
순간을 그린 것이지요.

얼마나 많은 가죽 구두가
신고 다니는 주인도 모르게
얼마나 많은
벌레를 밟아 죽였는지
아마 반 고흐도
몰랐을 것입니다.

알을 깨고 애벌레가 나오는
초여름이 되면
한국의 농부들은
느슨하게 조인 짚신을 삼아
신고 다녔습니다.

그것을 오합혜(五合鞋)라고 불렀지요.

반 고흐의 그림도 짚신도
이제는 옛날 이야기가 됐지만

우리는 지금도
그 옛날 농부들처럼 오합혜를 신고
여름이 오는 저 들판으로 함께 갑니다.

# 34
## 사람이 보이지 않는 금덩이

제나라 사람이 시장에서 금덩이를 훔치다가 잡혀 왔어요. 재판을 하던 사또가 기가 막혀 물었습니다.

"이 어리석은 놈아, 어쩌자고 그 많은 사람들이 보고 있는 백주에 금덩이를 훔쳤느냐? 그러고도 무사할 줄 알았느냐!"
그러자 도둑은 태연하게 대답합니다.

"사또님, 사람은 하나도 보이지 않고 제 눈에는 오직 금덩이만 보였거든요."

한국인 두 형제가 길을 가다 금덩이를 주웠지요. 횡재를 한 형제는 사이좋게 금덩이를 나눈 다음 나룻배에 올랐습니다.

배가 강 가운데에 이르자 아우가 갑자기 금덩이를 물속에 던져버리는 거예요.

"뭐 하는 거야?"

형이 놀라 소리치자 아우가 말합니다.

"형님, 금덩이를 보자 제 마음이 갑자기 달라졌어요.
'형님이 없었더라면 나 혼자 금덩이를 다 차지했을 텐데.'
그런 생각이 떠나지 않아 금덩이와 함께 버린 것입니다."

똑같은 금덩이 이야기인데 이렇게 다를 수가 있나요. 사람과 금덩이를 놓고 택일하지 말아요. 사람은 사람, 금덩이는 금덩이, 그 두 개를 모두 볼 줄 알아야 합니다.

이제 이 두 이야기를 뛰어넘어 봅시다.

'황금 보기를 돌같이 하라.'도
'황금 보기를 신같이 하라.'도 아닙니다.

어떻습니까?

만약에 우리 이야기 속의 두 형제가 금덩이를 투자해 함께 '형제상회'를 만들었다면 어떻게 되었을까요?


아마도 새로운 우리 이야기가
탄생되었을 것입니다.

# 35
## 수염을 찾아라

하얀 수염이 신선처럼 앞가슴을 가린 할아버지가 길에서 아이를 만났습니다.

"할아버지, 수염이 그렇게 긴데 주무실 때는 수염을 이불 속에 넣고 주무세요, 빼놓고 주무세요?"

"하하하하! 고 녀석 누울 때는 말이다. 내 수염을 이불…."
대답을 하려고 했지만 할아버지는 정말 자기가 수염을 어떻게 하고 자는지 알 수가 없었습니다.

"글쎄다. 오늘 밤 자고 내일 가르쳐 주마."
그리고 얼른 집으로 돌아와 초저녁부터 이부자리를 펴고 누웠습니다.

하지만, 이불 속에 넣고 자면 갑갑해서 꼭 빼놓고 잤던 것 같고, 수염을 이불 밖으로 내놓으면 허전한 것이 꼭 이불 속에 넣었던 것 같고. 이래도 거북하고 저래도 거북해서 할아버지는 밤새도록 수염을 넣었다 뺐다 하면서 한숨도 자지 못했습니다.

십 년도 넘게 기르고 지낸 수염인데도 끝내 자신이 어떻게 하고 잤는지 알지 못했다는 겁니다.

수염 같은 이야기가 또 하나 있습니다. 지네는 발이 무수히 많은데도 용케 잘도 기어 다니지요. 어느 날 지네가 지나가는 것을 보고 두꺼비가 물었습니다.

"어떻게 너는 그 많은 발로 헷갈리지 않고 그렇게 잘 기어 다니니? 난 기껏 네 개인데도 어려운데 말이야."
"하하하, 아주 쉬워. 자, 봐라."
"자 이렇게 이 다리 먼저, 그 다음에는 이 다리, 그리고 또…."
그러나 지네는 몇 걸음 못 가서 꼼짝도 하지 못했어요.

막상 의식적으로 가려다 보니, 어떤 순서로 다리를 움직여 왔는지 헷갈리게 된 것이지요.

그래요. 누구나 자기 가슴속에 묻고 사는 수염 하나씩이 있습니다. 좀 헷갈리고 꼬인다 하더라도 지금까지 모른 채 살아온 나

날들을 새파랗게 눈을 뜨고 지켜보세요. 일거수일투족 숨어 있는 수염을 의식 위로 떠올려 보세요. 그리고 묻는 자에게 답을 하세요.

"이것이 나의 삶, 나의 모습"이라고.

 깊이 읽기 35에는 이 편의 깊은 생각이 담겨 있습니다

# 36

## 도낏 자루와 판도의 숲

나무를 쓰러뜨리는 도낏자루도
바로 나무입니다.
쇠를 녹여 도끼를 만드는 것도
바로 나무입니다.

나무가 도끼가 되어 나무를 죽입니다.
도끼 한 자루가 나무 숲 전체를 멸합니다.
믿는 도끼에 발등 찍힌다는 속담도
있지 않습니까.

가정이라는 숲
마을이라는 숲
나라와 민족이라는 숲

카인과 아벨처럼
최초로 흘린 형제의 피가 그 숲을 멸합니다.
그러나 판도(Pando) 나무를 생각하세요.
나무가 쓰러지고 산불이 나도
판도는 뿌리에서 새 생명의 나무를 자라게 합니다.
뿌리 하나가 거대한 숲을 이루며
8만 년 동안이나 살아온 지구 최장수 나무 숲,
도끼로 찍고 찍어도
판도의 숲은 사라지지 않습니다.

우리는 숲을 볼 때 그 이파리와 가지를 봅니다.
그러나 흙 속에 묻혀 있는 뿌리를 보는 사람은 드뭅니다.
나뭇가지는 도낏자루가 되어 나무를 찍지만
그 뿌리는 판도처럼 산불 속에서도
살아남은 숲을 만듭니다.

당신은 슬기로운 사람,
도낏 자루가 아닙니다.
판도의 뿌리입니다.

# 37
## 아르키펠라고의 달걀

달걀을 삶으면
애초의 원형 그대로입니다.
세 개의 달걀은
세 개의 달걀로
제각기 따로 있습니다.
달걀을 깨뜨려 함께 찌면
모든 것이 하나로 섞입니다.
세 개의 달걀은
개체의 모양을 상실하고
그냥 하나가 됩니다.

그런데 달걀 프라이는 어떻게 될까요?
보십시오.

노른자위들은 따로따로지만
흰자위는 서로 구별 없이 하나로 붙어 있습니다.
세 개의 달걀은
세 개의 달걀인 채로 있으면서도
하나로 결합된 모양을 하고 있습니다.
나를 잃지 않고서도
남들과 어울리려면,
개성을 가진 채로
조직 안에서 활동하려면,
삶은 달걀이나
달걀찜이 되어서는 안 됩니다.


달걀 프라이를 하듯이
하나로 이어진 하얀 바다 위에


노랗게 떠 있는
아르키펠라고(群島)처럼
살아야 합니다.

# 38
## 낙제점을 받은 처칠

"내가 바칠 수 있는 것은 피와 노고(勞苦)와 눈물과 땀밖에 없다."

누구나 기억하고 있는 윈스턴 처칠(Winston Leonard Spencer Churchill)의 명연설 중  한 대목입니다.

윈스턴 처칠의 이러한 연설은 영국 국민들에게 용기와 믿음과 희망을 주어  2차 세계대전을 승리로 이끌어 간 힘이 되었다고 합니다.

그것을 케네디 대통령은 이렇게 평을 했지요.
"윈스턴 처칠은 영어를 동원하여 전쟁터에 보냈다."라고.

그렇군요.

어떤 병사, 어떤 무기의 힘보다도 처칠이 동원한 영어의 힘이 더 큰 공을 세웠다고 할 것입니다.

그런데 막상 처칠의 연설문을 대학 논술 시험을 채점하는 컴퓨터 프로그램으로 채점해 보았더니, 낙제점이 나오더라는 겁니다.

문장을 분석해 평가하는 컴퓨터의 채점 기준에 처칠의 연설문은 모두 평균 이하의 점수를 받게 된 것이지요.

하지만 놀랄 일이 아닙니다. 원래 컴퓨터라는 것이 그런 겁니다. 유명 가수들이 자기 노래를 노래방에서 부르고 채점표를 보면 낙제점이 나온다고 하지 않습니까.

그런 사정을 알면서도 영국 정부는 앞으로도 공정성을 위해 어쩔 수 없이 대학 입시의 논술 채점을 컴퓨터에 맡길 것이라고 말했습니다.

사람마다 마음이 다르고 잣대가 다른 주관적인 평가를 피하자는 겁니다.


공감할 줄 모르는 공정
소통할 줄 모르는 깡통

젊은이여!
피를 흘릴 줄 아는 컴퓨터를 만들라.
눈물을 흘릴 줄 아는 컴퓨터와 소통하라.
땀을 흘리는 컴퓨터와 일하라.
노고할 줄 아는 컴퓨터와 지혜를 나누라.

# 39
## 해는 어디서 뜨나


섬에서 온 나그네와 산골에서 온 나그네가 도시에 와서 서로 말싸움을 하고 있었습니다.

"그게 무신 소린가? 해는 바다에서 뜨는 것이네!"

"해가 왜 바다에서 뜨는가? 산에서 뜨지!"

"아, 이 양반아. 내가 매일 두 눈으로 본 걸 모를까 봐!"

"허, 이 사람아. 내 눈은 눈이 아닌가?"

"거, 여보쇼. 뭐 그런 것들 가지고 싸우시오?"

그때, 여관집 주인이 끼어들며 말했지요.

"내일 아침이면 다들 알게 될 거 아니오. 해는 바로 이 지붕 위에서 뜬다오."

삼 년 뒤 이들이 다시 만났다고 생각해 보세요. 섬에서 나와 육지를 여행한 사람은 해가 바다에서만 뜨는 것이 아니라는 것을 알게 되었을 겁니다. 산골 사람은 해가 산 위에서만 뜨는 것이 아니라는 사실을 배우게 되었을 겁니다.

하지만 여관집 주인만은 아직도 해가 지붕 위에서 뜬다고 우기겠지요.

여관집 주인이 아니라 나그네가 되세요. '진리는 나그네'라는 말도 있지요.

머리보다 발로 생각하는 것.

책상이 아니라 길에서 얻는 지혜.

여관집 주인은 많은 나그네들의 입소문을 정보라고 생각합니다. 가보지 않고서도 나그네들의 이야기로 귀동냥하지요. 블로그나 트위터로 정보를 얻는 사람들은 여관집 주인과 다를 것이 없습니다.

디지털의 사이버 공간만으로는 안 됩니다.
짚신을 신고 온몸으로 해 뜨는 곳을 찾아가는
나그네가 한번 되어 보세요.

# 40
## 개미들처럼 돌아오라

개미들은 먹이를 찾을 때
우왕좌왕
동서남북으로 헤매고 다니지요.
일정한 목표도 뚜렷한 규칙도 없이
그냥 방황합니다.

하지만 일단 먹이를 찾으면
곧바로 자기 집으로 돌아옵니다.
일직선으로 먹이를 물고.

방황을 두려워하지 말아요.
방황한다는 것은
무엇인가 찾고 있다는 것.

그 어지러운 곡선들은 먹이를 찾는 상상력의 흔적,
어디엔가 숨어 있을 보물을 발견하려는 탐색의 열정이지요.
그렇지만 그 곡선은
언제든지 집으로 돌아오는 직선이 있을 때

의미가 있는 것이지요.


그리스 말로 떠돌아다니는 것을 '알레테이아(Aleteia)'라고 하고
진리를 뜻하는 말 역시
그 음이 같은 '알레테이아(Aletheia)'라고 합니다.
'h' 자 하나로 방황이 진리가 된다는 것을
우리는 알 수 있습니다.


방황을 두려워하지 말아요.
돌아갈 집이 없음을 걱정하세요.

# 41
## 검색이 아니라 사색이다

컴퓨터나 스마트폰으로
생활하는 요즘 젊은이들은
사색하지 않고 검색을 합니다.
숙제도 검색으로 하고,
친구와 밥 먹을 곳도 검색으로 찾고,
검색하지 않으면
쇼핑도 사랑도 못합니다.

그러나
저녁노을을 보는 감동,
새가 날아가는 경이로움,
마른 가지에서 꽃이 피는 기적을
검색해보세요.

사랑하는 사람 앞에서 뛰는 심장을
심전도로 측정할 수 없듯이
죽음의 슬픔
삶의 기쁨을
검색해보세요.

지난여름
사랑하는 친구와 함께
손을 잡고 해변을 달리던 때의
그 바다를 검색해보세요.

구글의 동그라미가 무한으로 이어져도,
검색으로 찾을 수 없는
세상이 있습니다.

 깊이 읽기 41에는 이 편의 깊은 생각이 담겨 있습니다

# 42
## 새가 지저귄다는 말

문자만 쏟아대는 엄지족들의 출현!

– 미국 일간지 USA 투데이
"기술이 10대들을 침묵하게 하다."
"미국의 10대들 한 달 평균
문자메시지 1,000건 쏘다!"
"부모들은 휴대전화를 자녀의 손에서 떼어
입으로 가져갈 정도."
"메일과 문자메시지로만 소통,
도서관처럼 조용한 기숙사."

그렇지요. 전화(電話)가 아니라 전자(電子)가 된 것이지요. 집에
돌아와 어머니에게 저녁 준비를 메일로 묻고

날도 참좋다

S.2014

죽으면 슬픔
삶에
기쁨을
검색해보세요

(엄마 저녁 준비 다 되었나요? ^^)

채팅할 때는 'Oh, LOL'이라는 축약 문자를 사용한다지요.

(LOL - Laughing Out Loud - 크게 웃다.)

웃을 때조차 웃지 않고 문자를 사용하는 거예요.
이모티콘으로 눈물과 웃음을 전하는 아이들.
목소리에는 지문(指紋)처럼 자기만의 성문(聲紋)이 있다고 해요.
글자로 나타낼 수 없는, 자신의 목소리로 마음을 전하는
말의 힘을 다시 생각할 때입니다.

2,500여 년 전 그리스의 철학자 소크라테스(Socrates)가
말했어요.

" 말은 내 몸 안의 기억에서 나오는 것이지만
문자는 내 몸 밖에 있는 것이라네."

# 43

## 이솝우화 개미와 베짱이 이야기

이솝우화 개미와 베짱이 이야기 여름내 놀기만 하던 베짱이는
추운 겨울이 오자 여름 동안 열심히 일한 개미를 찾아가 구걸하
지요. 그러나 거절당한 베짱이는 얼어 죽고 말아요. 그런데 현대
의 이솝우화는 다르대요.

현대판 이솝우화 버전 하나!

베짱이가 음식을 얻으러 개미의 집에 찾아갔지요. 하지만 아
무리 문을 두드려도 기척이 없었어요. 문틈으로 들여다보니 아
무도 보이지 않자 베짱이는 문을 열고 들어가 보았어요. 그러다
깜짝 놀랐지요. 먹을 것은 산더미처럼 쌓여 있는데 여름내 일만
하던 개미들은 모두 '과로사'로 죽어 있었대요.

이것은 워크홀릭에 빠져 일만 하다가 잃어버린 10년으로 불황을 겪고 있는 일본에서 유행한 이야기라고 합니다.

현대판 이솝우화 버전 둘!

개미에게 거절당하고 쫓겨난 베짱이는 굶어 죽어가면서 마지막으로 바이올린을 켜며 노래를 불렀대요. 배운 것이라고는 그것밖에 없었으니까요. 그런데 여름내 일만 하느라 노래 한 곡 들어볼 틈 없었던 개미들이 베짱이의 노랫소리에 반해서 하나둘 베짱이 주변으로 모여들었지요. 이때 눈치를 챈 베짱이는 얼른 모자를 벗어들고 "티켓 플리즈!(Ticket please!)"라고 외쳤어요. 입장료를 받고 공연을 한 베짱이는 결국 백만장자가 되었대요.

이것은 할리우드 오락 문화를 전 세계에 퍼뜨린 아메리칸드림의 나라, 미국의 이솝우화입니다.

현대판 이솝우화 버전 셋!

개미 집 앞에서 베짱이가 구걸을 하자, 개미들은 "동무, 함께 나눠 먹읍시다!"라고 환대하며 사회주의 만세를 외쳤지요. 한 달 후, 잠잠하여 문을 열어보니 모두 함께 굶어 죽어 있었답니다.

이것은 사회주의로 몰락한 구소련의 이솝우화예요.

그런데 이상한 우화가 하나 있어요. 개미도 베짱이도 겨울이 되어 사이좋게 사는 이야기예요. 그것은 바로 쉬엄쉬엄 일하며, 임도 보고 뽕도 따는 한국의 이솝우화예요.

한국의 개미와 베짱이는 일하면서 노는 '개짱이' 들이었기 때문이지요.

개미 + 베짱이 = 개짱이

# 44
## 양치기의 리더십

양치기가 양 떼를 모는
세 가지 방법

첫째, 양치기가 앞장서서 간다!
푸른 초원을 향해 방향을 잡고
선두에서 길을 인도하면
그 뒤를 따라 양 떼들이
묵묵히 움직입니다.
양치기의 손에 든 지팡이는
방향을 가리키는 화살표이며
어둠을 밝혀주는
횃불 같은 구실을 합니다.

둘째, 양치기가 맨 뒤에서 간다!
양 떼들의 식욕에 맡겨두면
스스로 풀이 있는 곳을 향해 움직여 갑니다.
다만 양치기는
뒤처지거나 길 잃은 양들을
지켜주면 되는 것입니다.
이때의 지팡이는
감시와 관리의 힘을 낳지요.

셋째, 양 떼의 한복판에서 간다!
인도자도 관리자도 아닌
동행자가 되는 것이지요.
양과 섞여서 무리와 함께
초원을 찾아가지요.
양치기가 들고 있는 지팡이는
소통을 위한 전신주 혹은 안테나와 같은
역할을 하는 것이지요.
행복한 양치기가 되기 위해서는
양 떼의 무리 속에 있어야 합니다.

그들의 눈빛을 읽고, 그들의 냄새를 맡고,
그들의 울음소리를 들으며 함께 움직이는 것이지요.
백 마리의 양이 있어도 천 마리의 양이 있어도

모두 다 자기 곁에 양치기가 있는 것처럼
느끼게 해야지요.

21세기의 지도자는
앞에도 뒤에도 서지 않습니다.
한복판에서 지팡이를
우뚝 세우는 것입니다.
소통의 안테나처럼.

# 45

## 사람 살려

배가 뒤집혀 물에 빠졌을 때
영국 사람들이라면
"헬프 미(Help me!)!"
– 나 살려!
일본 사람들이면
"다스케테 쿠레(助けてくれ)!"
– 살려 줘!
그런데
한국 사람이라면
"사람 살려!"

그래요. 한국 사람들은 영국 사람처럼
나 살리라고는 하지 않습니다.

'나 살려!'는 위급한 상황에서
'나'를 내세우는 개인주의적 인생관이
무의식적으로 드러난 말입니다.
한국 사람들은 일본 사람들처럼
그냥 살려 달라고만 하지도 않지요.
누구를 살려 달라는 것인지 '살려 줘!'라고만 하는 그 외침에는
'나' 없는 집단주의적 발상이 배어 있다고 할 수 있지요.

한국 사람들은 개인도 집단도 아닌 '사람'을 강조합니다.
'얼다'에서 '얼음'이란 말이 나온 것처럼
'살다'에서 '사람'이라는 말이 나온 것이라고 합니다.

물에 빠진 사람도, 물에 빠진 사람을 구해주는 사람도
다 같은 사람.

지금 인류는 물에 빠진 사람처럼 위기에 빠져 있어요.
끝없는 테러,
바이러스의 창궐,
경제 불황,
몸살을 앓는 지구….

지구를 향해서 외치세요.
"사람 살려!"

그냥 살려 달라가 아니라,
나만을 살려 달라는 "나 살려!"가 아니라,
이렇게 외쳐 보세요.

사람이 사람을 살리는
"사 람  살 려!"

# 46

## 푸는 문화

옷을 벗으려면
옷고름을 풀고,
원수와 다시 친해지려면
마음을 풀고, 원한을 풀고,
코가 막히면 코를 풀고.

맺히고, 뭉치고, 얽혀 있는
모든 것을 풀다가
나중에는 심심한 것까지
다시 풀어
심심풀이라는
말까지 만들어 낸
한국인.

서양 사람들은 무슨 일을 하기 전에
'어텐션(Attention)'의 차렷 자세로 시작합니다.
하지만 한국 사람들은 어려운 일을 하려면
몸부터 풀어야 합니다.
시험 치러 가는 아이를 향해서
엄마, 아빠가 말합니다.
"마음 푹 놓고 해!"

그러던 한국이
지금은 상투 잡고, 멱살 잡고,
분열과 갈등으로
스트레스 왕국이 되어가고 있지요.

서양 사람의 힘이 긴장에서 나온다면
한국인의 힘은 푸는 데서 나옵니다.

"풀어 버려!" 이 한마디가
분열과 갈등을
창조의 빛으로 바꿀 것입니다.

# 47
## 하나밖에 없는 사람

라파엘로였던가?
성당의 천장화를 그릴 때의 이야기가 생각납니다.

라파엘로가 작업하는 모습을 지켜보던 왕은
그가 딛고 선 사다리가
휘청거리는 것을 발견합니다.
그는 때마침 들어온 재상에게 지시합니다.
"이보게, 저 사다리 좀 잡아 주게."

그러자 재상이 황당해 하며,
"폐하, 일국의 재상이 저런 환쟁이의
사다리를 붙잡아 주는 게 말이 됩니까?"
그러자 왕은 말했습니다.

"자네 목이 부러지면 재상 할 사람이 줄을 지어 서 있지만,
저 화가의 목이 부러지면
누구도 저런 그림을 대신 그릴 사람이 없다네."

1등 다음에는 2등이 있지요.
1등이 없어지면 2등이 그 자리를 대신할 수 있습니다.
내가 하는 일을 누구도 대신할 수 없다면
그는 베스트 원(Best One)이 아니라
온리 원(Only One)의 자리를 차지하게 되는 것이지요.

누구도 내 삶을 대신할 수 없기에,
이 세상에 하나밖에 없는 나이기에,
내 지문처럼 찍힌 이 삶은 이토록 소중하고
이토록 찬란한 빛인 것입니다.

# 48
## 여섯 모난 연필을 쥐고

연필이 둥글면 구르기 쉬워
책상에서 떨어져
그 심이 부러지고 맙니다.
구르지 않게 하려면
사각형이 제일 좋지요.
하지만
불편하기 짝이 없지요.

구르지 않고 손에 잡기도
편한 것이라면
원과 사각형의 중간,
여섯 모난 연필이 가장 좋습니다.

그래서 옛날이나 지금이나
여섯 모로 된 연필이 제일 많습니다.

둥글게 살면 원만하다고 하지만
자기주장이 없고
자기주장만 하면
모가 나서 세상을 살아가기 힘듭니다.

네모난 연필도 아닙니다.
둥근 연필도 아닙니다.

여섯 모난 연필로
나의 인생을 써가십시오.

# 49
# 신 포도를 먹고 사는 사람들

아시지요?

이솝우화의 여우 말이에요.


높은 가지에 열린 포도를 따 먹으려다가 끝내 뜻을 이루지 못해 여우는 그만 포기하고 말지요.

그러고는 이렇게 말하잖아요.


"저 포도는 시다."라고.


그 여우는 못 따 먹은 것을 안 따 먹은 것이라고, 자신을 속이고 또 남을 속였지요.

그런데 요즘 이솝우화는 달라졌대요.

천신만고 노력 끝에 여우는 높은 가지의 포도를 따 먹게 된 것이지요. 그러나 이 일을 어쩌지요. 그 포도는 정말 신 포도였던 것이지요.

하지만 그렇게 애써서 노력한 것이 아까워서라도 자기만 따 먹을 수 있다는 것을 뽐내기 위해서라도 그것이 신 포도라는 말을 하지 않았지요.

모든 여우들이 부러워하는 바람에 속내를 감추고 여우는 계속 시고 떫은 포도를 따 먹었지요.

자랑스럽게, 그리고 맛있다는 표정을 지으면서.

그 여우는 신 포도를 따 먹고 또 따 먹다가 결국 위궤양에 걸려서 죽었지요.

내가 정말 행복하다고 생각하는 삶.

그 삶을 살기 위해서 현대판 이솝우화를 다시 한 번 읽어 보세요.

그리고 용기 있게 말하세요.

남들이 다 추구하는 그 권세라는 것, 돈이라는 것,
그러한 세속적 욕망은 사실 신 포도였다는 것을
자신 있게 말하세요.

 깊이 읽기 49에는 이 편의 깊은 생각이 담겨 있습니다

# 50
# 우리라는 말

중국말에서는 영어의 'We'에 해당하는 일인칭 복수형이 없지요. 그래서 '우리'라고 할 때에는 나를 뜻하는 '오(吾)'에 '등(等)' 자를 붙여 '오등(吾等)'이라고 합니다.

삼일절 기미독립선언문에 나오는 '오등은 자에~'라는 말이 바로 그것이지요.

일본의 경우도 마찬가지예요. 나를 의미하는 '와레(われ)'를 겹쳐서 '와레와레(われわれ)'라고 합니다.

영어로 하자면, 중국이나 일본 사람들은 'We'란 말이 없어 '아이(I)', '아이(I)'라고 하는 셈이지요.

그래요. 한국만이 영어의 'We'처럼 독립된 일인칭 복수를 갖고 있지요. 그러나 한국말의 '우리'는 엄격하게 따지면 영어의 'We' 하고는 조금 다릅니다.

그래서 정말 우리를 강조할 때에는 우리에 '들' 자를 붙여 우리들이라고 하지요.

한국말에서는 '나'와 '우리'를 잘 구별하지 않는 경우가 많아서 '내 마누라'라고 할 때에도 '우리 마누라'라고 하잖아요.

영어로 'Our wife'라고 해 보세요. 당신 아내는 남편이 몇이나 되느냐고 물을 겁니다.

우리는 '우리 집', '우리 학교'라고 하는데, 영어권에서는 꼭 '나의 집(My home)', '나의 학교(My school)'라고 하거든요.

그러니까 한국말로 '우리 학교'라고 할 때에는 은연중에 '나의 학교'란 뜻도 들어 있다는 거지요.

'마이 스쿨(My school)'이라고 나의 개체만을 내세우는 개인주의 사회도 문제지만, '아워 스쿨(Our school)'처럼 집단만을 앞세우는 전체주의 사회에도 문제가 많아요.

우리 집이면서 내 집
우리나라면서 또한 내 나라

한 사람 한 사람이 살아 있으면서도
하나의 네트워크로 이어진
한국말의 '우리'
참 아름답게 들리네요.

# 51

## 거북선은 왜 거북이 모양일까요?

주먹을 내보세요.
가위를 내면 이기는 주먹이지만 보자기를 내면 지는 주먹이지요.
가위바위보만이 아닙니다. 게임은 그래요.
전쟁도 마찬가지예요. 거북선은 알아도 그와 싸운 일본 배가
어떻게 생겼는지 아는 사람은 드물지요.

일본 배는 길이가 8미터나 되고,
큰 성처럼 누각을 올린 전함, 아타케부네(安宅船)이다.
'다테이타(盾板)'라고 하는 경첩이 달린 널빤지를 둘러
공격할 때에는 방패 역할을 하고,
상대방 배에 접근해서는 다리가 되지요.
해적들은 상대방 배에 불을 지르면 빼앗을 물건도
타버리기 때문에 직접 배에 올라타야 했던 것입니다.

# 창조

創造

성공한 인생, 행복한 인생은 과연 무엇일까요?
아무래도 지금은 많은 사람들이
좋은 대학에 들어가서 판사 되고 박사 되는 걸
성공이라고 믿는 것 같습니다.
하지만 모두가 하나의 1등 자리를 두고
달려가는 사회는 과연 공감의 시대,
감동의 시대에서 지속될 수 있을까요?

## 작은 생각
## 큰 마음

이것이 바로 해적들로 이루어진
일본 수군의 '놋토리(乘っ取り)' 전법
이순신 장군은 이것을 알고
거북선 모양을 창안한 것입니다.

보세요.
멋모르고 거북선에 올라탄 왜병들은
거북이 잔등에 꽂힌 철침에 찔려
공격을 할 수 없게 된 것이지요.

그렇지요.
거북선은 과학 기술만이 아니라
적의 전법을 탐지한 정보 전략의 산물.
거북선이 무엇인지를 제대로 알려면 반드시 그와 싸운
아타케부네(安宅船)의 구조를 보아야 합니다.

'관계를 찾아라!'
이것이 앞으로 살아갈 우리들의
새로운 창조적 사고를 기르는 키워드가 될 것입니다.

 깊이 읽기 51에는 이 편의 깊은 생각이 담겨 있습니다

# 52
## 골네트

공이 골문 안으로 들어가면 그 순간 사람들은 함성을 지르고 뿔나팔을 불고 손뼉을 칩니다.

그러나 극적인 장면을 만들어내는 골네트가 어떤 모양인지 기억하고 있는 사람은 드물 것입니다.

잘 기억해 보세요.
옛날 골네트의 그물 모양은 분명 사각형이었는데 어느새 육각형으로 변한 것을 발견하게 될 것입니다.

벌집 구조를 응용한 골네트는 1990년 이탈리아 월드컵 때 처음 등장한 것이라는데 그것을 상품화하여 세계에 널리 보급한 것은 일본 사람들입니다.

어망이 잘 팔리지 않자 신형 골네트를 만들어 틈새시장을 공략한 것이지요.

육각형의 벌집 모양을 허니콤(Honeycomb) 구조라고 부릅니다. 이 구조물을 첨단 기술 분야에 응용하면 항공기의 벽이 되고 우주선의 몸체가 되기도 하지요.

이 신비한 허니콤 구조물은 다른 것보다 훨씬 튼튼하고 가볍고 재료도 덜 들어 비용이 절약된다고 합니다.

연암 박지원(朴趾源) 선생의 말을 빌리면 지금까지 인간은 벌에게서 꿀을 훔쳤고, 칼 마르크스(Karl Heinrich Marx)의 말대로 하자면 벌의 노동력을 착취한 것이지만, 21세기의 사람들은 이제 훔치고 착취하는 것이 아니라 그들에게서 슬기를 배워 더 큰 힘을 얻어냅니다.

골네트 하나만 봐도 세상이 바뀐 것을 알 수 있습니다. 20세기의 산업 문명이 자연의 정복사였다면,

21세기의 지식 정보 문명은
자연에서 그 지혜를 배우는
학습사라고 할 것입니다.

# 53
## 아름다움의 힘

이라크 북쪽 샤니다르(Shanidar) 동굴에서 수만 년 전에 살았던 네안데르탈인의 무덤이 발굴되었습니다. 그 옛날 원숭이와 다름없었던 그들이 죽은 자를 위해 무덤을 썼던 것이지요. 그런데 더욱 놀라운 점은 그 무덤 속에서 꽃가루가 나왔다는 것입니다.

그것도 그 근처에서는 피지 않는 꽃, 아주 먼 곳에 가야만 딸 수 있는 그런 꽃이라 했습니다.

대체 어느 짐승이, 어느 원숭이가 죽은 자의 무덤을 만들고 그 위에 아름다운 꽃을 뿌릴 줄 알았겠습니까.

이것이 바로 인간과 원숭이의 차이입니다.

꽃을 아는 원숭이가 슬픔과 기쁨을 꽃으로 노래할 줄 아는 원숭이가 인간이 된 것이지요. 황홀한 눈으로 꽃을 바라보았을 때 그 향기로 숨을 쉬었을 때 비로소 그 짐승의 가슴에는 인간의 피가 흘렀던 것입니다.

꽃의 아름다움이
발톱이나 이빨보다
더 강한 힘을 주었습니다.

# 54
## 비행기

사이먼 뉴컴(Simon Newcomb) 교수는 인간은 절대로 공기보다 무거운 엔진을 달고 하늘을 날 수 없다는 것을 수학적으로 증명했습니다.

1901년의 일입니다. 그러나 1903년 12월 17일, 그 글의 인쇄 잉크가 마르기도 전에 자전거포를 운영하던 라이트 형제(Wright Brothers)가 하늘을 날았습니다.

키티호크(Kitty hawk)의 풀밭에서 열기구나 글라이더처럼 바람에 떠다닌 것이 아니라 1마력의 무거운 엔진을 달고 12초 동안 36미터를 날았습니다.

활공이 아니라 비행을 한 것이지요. 신은 인간에게 날개를 달

아주진 않으셨지만 하늘을 날 수 있는 꿈을 주셨습니다. 지금의 현실이 옛날에는 모두 다 꿈이었지요.

닐 암스트롱(Neil Armstrong)이 최초로 달에 갔을 때 그의 손에는 작은 천 조각이 쥐어져 있었습니다.

그것은 키티호크 상공을 날았던 라이트 형제의 비행기, 플라이어 1호와 같은 천 조각이었습니다.

달 위에 새겨진 인류의 첫 발자국 뒤에는 하늘을 향한 라이트 형제의 꿈이 있었던 것이지요. 라이트 형제의 꿈은 뉴컴 교수의 이론을 이겼습니다.

꿈을 꾸는 사람,
꿈을 현실로 만드는 사람의 무게는
공기보다 더 가볍기 때문에
하늘을 날 수가 있는 것이지요.

# 55
## 뒝벌

뒝벌을 보신 적이 있나요?
영어로는 범블비 'Bumble Bee'예요.
디즈니 만화에서 꿀통을 들고 나오는 벌이
바로 그 녀석입니다.
큰 엉덩이에 작은 날개
아무리 봐도 날지 못할 것만 같은 뒝벌이
항공 물리학자들을 비웃으며 날아다니지요.

아무리 봐도 항공역학으로는
뒝벌이 나는 것을 설명할 수 없기에
어느 과학자는 이런 농담을 했습니다.

뒝벌을 보고 "넌 날 수 없어!"라고

누구도 말해주지 않았기 때문에
멋모르고 날아다니는 거라고.


비행기는 베르누이의 원리(Bernoulli's principle)로 설명되는
양력(揚力)에 의한 비행을 합니다.
날개 아래로 흐르는 공기보다
날개 위로 흐르는 공기가 빠르기 때문에
압력이 높은 아래쪽에서 낮은 위쪽으로
날개가 떠오르는 것이지요.


하지만 이런 원리로는 뒝벌의 비행을 설명할 수 없습니다.
수수께끼를 풀기 위해 과학자들은 다양한 연구를 했고,
최근에야 그 비밀이 밝혀졌어요.
물리학에는 관성력과 점성력의 비율을 나타내는
레이놀즈 수(Reynold's number)라는 것이 있습니다.
이 수를 계산해보니 뒝벌은 양력이 아니라
공기 중의 점성력(粘性力)을 이용해 나는 것이었어요.
뒝벌의 나는 법을 통해
항공 기술에는 일대 혁명이 일어나
최신 로봇 무기의 개발까지 가능하게 되었습니다.


닭의 날개는 러시아를 오가는
청둥오리만큼이나 큰 데도 날지 못해요.

뒝벌이 날아다니며
꽃밭의 꿀을 따고 있을 때,
닭들은 걸어 다니며
땅속의 먹이나 찾아다니죠.

조건을 따지지 마세요.
환경을 탓하지 마세요.

닭을 보지 말고 뒝벌을 보세요.
작은 날개로도 뒝벌처럼 날 수 있어요.

"나는 벌이니까 날 수 있다!"
뒝벌이 말하는 것처럼 이렇게 외쳐 보세요.

"나는 인간이니까
할 수 있어!"

# 56
## 콜럼버스의 종달새

크리스토퍼 콜럼버스(Christopher Columbus)가 말입니다. 처음 세인트 도밍고 섬에 상륙했을 때 말입니다.

맨 먼저 본 것은 하늘을 나는 종달새. 어찌나 예쁘게 울던지 말입니다. 그래서 콜럼버스가 글을 남기기를 말입니다. 스페인의 어떤 종달새도 저렇게 울지는 못할 것이라고 감탄했다는데 말입니다.

훗날 사람들이 그 섬에 와 보니 말입니다. 그 땅은 종달새가 살지 않는 곳이라는 말입니다. 그러니까 콜럼버스가 본 새는 스페인에는 없는 신대륙에만 있는 새였다고 하는데 말입니다.

콜럼버스가 아무리 새로운 대륙을 발견했어도 새로운 새소리를 종달새 소리로 들었다면 말입니다. 그건 신대륙을 발견하고도 신대륙을 발견한 것이 아니지 않느냐는 말입니다.

아직도 아메리카 대륙은 발견된 것이 아니라고 말입니다. 우리에게는 신대륙이 없듯이 21세기도 없다고 말입니다. 그런 말이 참말이냐고 콜럼버스에게 물어야만 하는데 말입니다.

콜럼버스가 아메리카 대륙을 발견했다고 하지만 사실 그는 새로운 새소리를 듣고 고향 새소리로 들었던 것이지요. 콜럼버스는 정말 신대륙의 새로운 것을 발견하지 못한 것입니다. 우리도 마찬가지예요. 새로운 세상이 오더라도 그 뜻을 모르면 우리는 19세기, 18세기에서 살고 있는 것과 다름없습니다.

신대륙으로 갑시다.
모든 것을 새롭게 바라보는 눈을 길러요.

# 57

## 모기장

"아유, 덥다. 바람 들어오게 창문 좀 열어라!"
"모기 들어오는데 창문을 왜 열어놨어! 문 닫아라!"
"아니, 가만히 있어도 더운데 문을 왜 닫아?"

"얘, 다시 문 열어라!"
"아야, 벌써 물렸네! 이 모기 좀 봐!"
"얼른 닫아라."
"열어!"
"닫아!"
"열어!"
"닫아!"
"열어!"
"닫아!"

아버지 말을 들을까, 어머니 편을 들까.

눈치를 보는 아이가 있습니다.

줄을 잘 서야 출세한다는 정치인처럼.

"아이참,

열면서도 닫으면 될 거 아니에요!"

"열면 여는 거고 닫으면 닫는 거지,

어떻게 열면서 닫아?"


그렇지요,

방충망을 사다가 달아 놓으면

바람은 들어오고 모기는 들어오지 못하지요.

창조의 힘은 대립과 갈등을 녹이는 것.

이럴 수도 저럴 수도 없는

모순의 상황을 풀어냅니다.


창조는

평화입니다.

# 58
## 코흐의 현미경

아프리카로, 인도로 여행을 하며 모험을 즐기려던 젊은 의학도가 한 명 있었습니다. 걱정이 된 아내는 그를 정착시키려고 독일의 한적한 시골 마을 라크비츠에 병원을 차렸어요. 환자가 뜸한 병원에서 그는 새장 속의 새처럼 살고 있었지요.

어느 날 아내는 남편을 달래줄 생일 선물 하나를 마련했습니다. 그것은 그때만 해도 신기했던 현미경이었지요. 그러자 그는 아주 딴 사람으로 변해 버렸어요. 현미경 속의 작은 세계에 사로잡혀 온종일 현미경으로 세균을 관찰하다가, 드디어 탄저균을 발견하였고 가축과 많은 농부들을 공포에서 해방시켰습니다.

그때까지 마귀의 소행으로만 알았던 폐병과 콜레라의 병원균을 발견하고 세균학의 개척자가 되어 환자들에게 새로운 생명의 빛이 되었지요. 그가 바로 1905년 결핵균 발견으로 노벨 생리의학상을 타고 불멸의 이름을 남긴 로베르트 코흐(Heinrich Hermann Robert Koch)였습니다.

내 안에 많은 내가 있습니다. 잠재되어 있는 그 재능과 특성이 언제 어느 때 화산처럼 깨어나 터져 나올지 자기도 모르지요.

현미경이라는 우연한 생일 선물 하나가 코흐의 인생을 바꾸고, 그의 세균학이 수많은 환자들의 운명을 바꿔 놓은 것처럼, 당신의 변화가 이 사회와 국가 그리고 세계 전체를 바꿔 놓을 수도 있어요.

어느 날 나에게도 초인종 소리도 없이 그런 생일 선물이 배달될지 모릅니다.

준비하세요.
그 기회를 잡으세요.

# 59
## 누가 수증기로 움직이는 증기기관을 만들었나?

아직도 증기기관을 제임스 와트(James Watt)가 발명한 것으로 믿고 있는 사람들이 많습니다.

물이 끓고 있는 주전자의 수증기로 뚜껑이 움직이는 것을 보고 말입니다. 그것이 터무니없는 거짓말이라는 사실은 한 번의 질문으로 족합니다.

"증기기관을 발명할 당시 그의 직업은 무엇이었나?"

그렇죠. 와트는 바로 증기기관의 수리공이었지요. 그러니까 이미 증기기관이 있었다는 거 아닙니까. 이미 뉴커먼(Thomas Newcomen)이 발명한 증기기관이 100대나 있었다는 겁니다.

와트는 그중 한 대를 수리하다가 성능을 끌어올리는 방법을 도입하여 보다 실용적으로 개선한 것뿐입니다.

그렇다면 증기기관을 발명한 영광을 뉴커먼에게 돌려야 옳을까요?

아닙니다. 뉴커먼 역시 1698년 토머스 세이버리(Thomas Savery)가 만든 증기기관을 토대로 발명한 겁니다. 그러나 세이버리 역시 원조가 아닙니다.

세이버리는 드니 파팽(Denis Papin)이라는 프랑스 물리학자가 설계한 증기기관을 보고 영감을 얻은 것입니다. 그렇다고 파팽이 증기기관을 최초로 만든 것도 아닙니다.

모두가 아닙니다. 2,000년 전 아득한 옛날에 알렉산드리아의 발명가 헤론(Heron)이 수증기로 움직이는 기계를 고안해 그 설계도를 남겼기 때문이지요.

참 이상하지 않나요? 그런데도 사람들이 제임스 와트의 이름만 기억하는 까닭은 무엇일까요?

양수기로만 쓰던 증기기관을 방적기로, 기차로 사용했을 때 역사는 그의 이름을 기억하게 된 것입니다.

산업혁명이 제임스 와트의 증기기관을 필요로 했고, 제임스 와트의 증기기관이 산업 혁명을 낳게 한 원인이 된 것이지요.

타이밍(Timing)!
창조의 힘은 안에서도 오고
바깥에서도 옵니다.

# 60
## 작은 생각

등자(鐙子)는 사람이 말에 오를 때 필요한 발판입니다. 그래서 옛날에는 말 왼쪽에만 달았다고 해요.

그런데 누군가 말 오른쪽에도 똑같은 등자 하나를 더 달 생각을 했지요. 그 순간 등자의 의미가 달라졌습니다. 이제는 누구나 두 다리로 등자를 딛고 일어설 수 있게 된 겁니다. 달리는 말 위에서도 마치 땅에 딛고 있는 것처럼 칼을 휘두르고 활을 쏘고 깃발을 들고 달릴 수 있게 된 것이지요.

단지 등자 하나를 더 단 것인데 말이 무서운 신무기로 변하여 일기당천(一騎當千), 말을 탄 기사(騎士) 하나가 천 명의 보병을 이기는 세상이 온 것입니다.

그래서 왕과 기사 계급과 기사도의 새로운 세력이 일어나 왕국의 크기가 달라지고 성곽의 높이가 달라졌지요. 기사들의 이야기가 로망스가 되고, 『돈키호테(Don Quixote)』 같은 소설이 나오는 문화가 탄생했지요.

세상을 바꾼 것은 말이 아니라 등자입니다.
아닙니다.
등자가 아니라 생각입니다.
아닙니다.
그냥 생각이 아니라 작은 생각입니다.

당신의 작은 생각이
세상을 바꿉니다.

# 61
## 패러데이의 법칙

패러데이의 법칙을 아시지요. 하지만 물리학자 마이클 패러데이(Michael Faraday)를 아는 사람은 드물 겁니다.

어느 날 연구에 몰두해 있는 그를 보고 어머니가 물었지요.
"얘야, 그걸 무엇에 쓴다고 밤낮 그 고생이냐."
그러자 패러데이는 아이를 안고 있는 어머니에게 반문했습니다.
"어머니, 그 애는 장차 무엇에 쓰려고 그렇게 소중하게 키우십니까?"

아이가 그냥 사랑스러워서 안고 키우듯이 순수한 물리학자는 그것이 좋아서 안고 삽니다. 산책하는 사람에게 목적지를 물어보세요.

자기도 잘 모른다고 웃을 겁니다. 즐거워서 걷는 산책, 흥에 겨워서 추는 춤 이것이 우리의 삶이지요.

필요해서 억지로 일을 하는 것보다 그저 하고 싶어서 하는 자율적 행동 여기에 살아 있는 문화와 문명이 만들어집니다.

철학자들은 그걸 '자기 목적적(Autotelic)'이라고 부르지만 우리에게는 더 쉬운 사자숙어가 있어요.

무용지용(無用之用)

당장은 쓸모없어 보이는 것이 두고 보면 긴요한 쓸모를 낳는다는 것이지요.

차를 몰 때 지피에스(GPS)를 사용하시나요. 그 편리함은 몇십 년 전만 해도 쓸모없다고 여겼던 아인슈타인의 우주 과학 이론 덕분입니다.

당장 필요한 것만 찾아다니는 사람보다는
일 자체가 좋아서 일에 몰두해 가는 사람,
그가 바로 창조인입니다.

# 62
## 지우개 달린 연필

연필은 쓰기 위해 있는 것이고
지우개는 지우기 위해 있는 것.
그런데 지우개 달린 연필이 있어요.
가난한 화가 지망생 리프만(Hymen L. Lipman)이
생각해낸 것이지요.

두 개의 다른 기능을
한 몸에 지니고 있는
지우개 달린 연필
모순의 연필

삶의 노동은
쓰고
지우고

지우고
쓰는 것.

볼펜의 시대에도
지우개 달린 연필이 필요한 까닭
컴퓨터로 글을 쓰는 시대에도
옛날 지우개 달린 연필이 그리운 까닭

우리에게 삶이 있는 한
지우개 달린 연필은 사라지지 않을 겁니다.

# 63
## 수도꼭지의 수돗물

중국 본토에서 패주하고 대만으로 온 장제스(蔣介石)의 군대가 처음 수도 장치를 보았을 때입니다.

꼭지만 틀면 물이 콸콸 쏟아지는 것을 보고 놀란 그들은 철물점으로 몰려가 수도꼭지를 사다가 벽에다 박고 틀었지요.

그러나 아무리 틀어도 수도꼭지에서는 한 방울의 물도 나오지 않는 겁니다. 장사꾼들에게 속은 줄로만 안 군인들이 가게로 쳐들어가 총질을 해대는 웃지 못할 사태가 벌어지고 말았지요.

이 이야기를 듣고 웃으십니까.
그렇다면 당신은 정말 벽 속에 그리고 땅속에 묻혀 있는 수도관을 생각해 보신 적이 있으십니까.

수원지의 물을 상상해 보신 적이 있으십니까.

인문학은 당장 쓸모 있는 학문이 아닙니다. 수도꼭지가 아닙니다.

하지만 문 – 文學, 사 – 史學, 철 – 哲學은 문화와 문명의 수원지이고, 그 수도관입니다. 그것이 없으면 정치나 경제의 수도꼭지를 아무리 틀어도 물은 나오지 않습니다.

지금 생명의 수원지가 마르고 있습니다.
오염되고 있습니다.
수도관이 녹슬고 새고 있습니다.

그것이 우리가 지금 보고 있는 수도꼭지이고,
마시고 있는 도시 문명입니다.

# 64
## 심청이 스토리텔링

아이가 없어서 칠성님께 빌었더니
예쁜 아이 심청이가 태어났어요.
행운

그러나 아이를 낳았기 때문에
심청이 어머니는 이 세상을 떠났어요.
불행

어머니 대신 아버지를 보살핀
심청이는 효녀로 이름이 났습니다.
행운

효녀라는 소문 때문에 고을 원님의 부름을 받고

원님한테로 올라가다가 물에 빠진 심봉사
불행

그 바람에 공양미 삼백 석을 시주하면
눈을 뜰 수 있다는 희망을 갖게 된 심봉사
행운

공양미 삼백 석을 구하기 위해
인당수에 몸을 던져야 했던 심청이
불행

인당수에 빠진 뒤 용궁에서 살다가
드디어 왕비가 된 심청이
행운

맹인 잔치에 참석하기 위해 갖은 고생을 하며
한양으로 가게 된 심봉사
불행

이윽고 부녀가 상봉하여 눈을 뜬 심봉사
행운

우리 역사도 그랬지요.
이제 어둠을 빛으로 만드는 최종의 스토리텔링을
함께 창조할 때가 온 것입니다.


우리 심청전은 기승전결이 아니라
행운이 불행이 되고 불행이 행운이 되는
독특한 스토리텔링 방식으로 되어 있습니다.

# 65

## 우물에 빠진 당나귀

어느 마을에 당나귀 한 마리가 우물에 빠졌습니다. 당나귀의 주인인 농부는 슬프게 울부짖는 당나귀를 구할 도리가 없었지요. 마침 당나귀도 늙었고 우물도 쓸모없던 터라 농부는 당나귀를 단념하고 동네 사람들에게 도움을 청하기로 했습니다.

동네 사람들은 당나귀와 우물을 파묻기 위해 제각기 삽을 가져와서는 흙을 파 우물을 메워 갔어요. 당나귀는 더욱더 울부짖었지요. 그런데 시간이 조금 지나자 웬일인지 당나귀의 울음소리가 들리지 않는 거예요.

동네 사람들이 궁금해서 우물 속을 들여다보니, 놀라운 광경이 벌어지고 있었습니다.

모든
삶에는
서투르게 된
서툴기같은
5
세상이
있습니다

당나귀는 자기를 파묻기 위해 던져진 흙을 털어 바닥에 떨어뜨리며, 그렇게 발밑에 쌓인 흙더미를 타고 점점 높이 올라오고 있었던 거예요.

마침내 당나귀는 자기를 묻으려는 흙을 이용해 무사히 그 우물에서 빠져나올 수가 있었습니다.

모든 삶에는 거꾸로 된 거울 뒤 같은 세상이 있습니다. 불행이 행이 되고, 행이 불행이 되는 새옹지마(塞翁之馬)의 변화 같은 것이지요.

뒤집어 생각해 보세요.
우물 속 같은 절망의 극한 속에서도
불행을 이용하여 행운으로 바꾸는
놀라운 역전의 기회가 있습니다.

# 66
## 육군 해군 공군

육군은
땅!
해군은
바다!
공군은
하늘!

전투하는 공간이 다릅니다.

그래서
육군은 육군의 군복
해군은 해군의 군복
공군은 공군의 군복을 입습니다.

그런데 바다에서 땅으로 상륙하려면
해군이 아닌 해병대,
하늘에서 땅으로 투강하려면
공군이 아닌 공수부대라는
새로운 군대가 필요합니다.

해군과 육군을 섞어 놓은 것이
해병대가 아니듯이,
공군과 육군을 한데 모아 놓은 것이
공수부대가 아니듯이,

해병대는
해병대의 얼룩무늬 군복을 입고
공수부대는
공수부대의 얼룩무늬 군복을 입습니다.

스마트폰은 걸면 전화기가 되고,
찍으면 카메라가 되고,
말하면 녹음기가 되고,
보면 TV,
검색하면 컴퓨터의 인터넷이 됩니다.

융합하고 복합하면
나는 21세기 귀신 잡는 해병대,
도깨비 잡는 공수부대.

퓨전(Fusion)
크로스오버(Crossover)
컨버전스(Convergence)
매시업(Mash up)
하이브리드(Hybrid)

# 67
## 관찰에서 관계로

1825년 어느 날 파리, 장 밥티스트 졸리(Jean Baptiste Jolly)는 램프를 옮기려다 그만 놓치고 맙니다.

몇 시간 뒤…

기름이 떨어진 식탁보의 얼룩들이 깨끗이 사라진 것을 보았습니다. 기름이 날아갈 때 더러운 때를 빨아낸 것입니다.

그것이 바로 드라이클리닝이 시작되는 원점. 졸리는 뜻하지 않았던 세탁 기술의 신발명으로 큰 부자가 됩니다.

엎어진 램프의 우연 때문이 아닙니다. 졸리의 관찰력이 그를 행운아로 만든 것이지요.

사과가 떨어지는 것을 보고 뉴턴이 만유인력을 발견했다고 하지만, 그가 발견한 것은 사과가 떨어지는데 왜 달은 지구로 떨어지지 않는가 하는 의심이었습니다. 사과와 달을 연결시키는 관찰력이 뉴턴을 위대한 과학자로 만든 겁니다.

관찰하세요.
그리고
다른 것과의 관계를
사유하세요.

# 68

## 1등이 되려면

같은 방향으로 뛰면
1등은 하나밖에 없습니다.

그러나 동서남북으로 뛰면
네 사람이 1등을 하고,
360도 방향으로
각자 달리면 360명이
모두 1등을 하지요.

베스트 원(Best One)이 없으면
베스트 투(Best Two)가 대신할 수 있지만,
온리 원(Only One)이 없어지면
아무도 그를 대신할 수 없지요.

왜 꼭 그 학교라야 하나요.
왜 꼭 그 직업이라야 하나요.

판사, 검사가 아니라도
의사, 박사가 아니라도
길은 많아요.

틀림없이 있을 거예요.

남들과 다른 나만의 재능.

나처럼 생긴 지문은
70억 인구 가운데 오직 나 하나뿐입니다.

하나밖에 없는
사람들끼리 손을 잡으면
강강술래처럼 둥근 원을 만들어
춤을 출 수가 있어요.

 깊이 읽기 68에는 이 편의 깊은 생각이 담겨 있습니다

215

# 69

知之者(지지자)
好之者(호지자)
樂之者(락지자)


한자로 즐거울 락 자를 써보세요.
樂
그 위에 풀을 뜻하는 초(草) 자를 올려보세요.
약(藥)이 됩니다.

한자로 음악을 써보세요.
音樂
이때 악 자는 바로 즐거울 락(樂) 자 입니다.
음만 다르지요.

한자로 요산요수를 써보세요.
樂山樂水
락산락수가 아닙니다.

글자는 같은데 탐할 요(樂) 자가 되는 겁니다.

음악을 들으면 즐거워지고

즐거운 것은 누구나 탐합니다.

그렇기 때문에 그 근엄하신 공자님께서도

인간의 마지막 이상적인 상태를

락지자(樂之者)라고 했지요.


| | |
|---|---|
| 知之者는 | 아는 사람은 |
| 不如好之者요, | 좋아하는 사람만 못하고, |
| 好之者는 | 좋아하는 사람은 |
| 不如樂之者니라. | 즐기는 사람만 못하다. |


그렇지요.

知之者(지지자) 머리로 생각하는 사람.

好之者(호지자) 가슴으로 느끼는 사람.

樂之者(락지자) 머리나 가슴이 아니라 온몸으로 사는 사람.


그것이 바로


통합적 인간 'Universal Man'인 것입니다.

# 70
# 돌담과 벽돌담


벽돌담을 쌓는 사람들은
벽돌 하나가 부서져도 걱정하지 않아요.
똑같이 생긴 벽돌로 바꾸면 되니까.

돌담을 쌓는 사람은
돌 하나하나를 고를 때마다 생각을 하지요.
이 세상에 똑같이 생긴 돌이란 없으니까요.

저마다 다른 돌들이 어우러져서 쌓여간 돌담의 아름다움.
교도소의 높은 벽돌담과는 다른 살아 있는 생명의 벽.

사람은 벽돌이 아니라 하나하나가 완성된 돌.
우리가 만든 사회는 벽돌담이 아니라 돌담입니다.

# 71
## 끝나지 않은 워털루 전투
### :켄트 여단의 겁 없는 아이들

영국의 켄트(Kempt) 사단에는 급조된 새내기 병사들로 구성된 부대가 있었습니다. 전투 경험은 없었지만 나폴레옹 군대의 명성을 잘 몰랐기에 기죽지 않고 잘 싸웠습니다. 그 바람에 프랑스 군대가 제일 기피하는 두려운 부대가 된 것입니다.

무엇보다 기초 군사 훈련을 받지 못한 그들은 지휘명령 하나로 움직이는 종래의 군대처럼 싸울 수가 없었지요. 어쩔 수 없이 스스로 상황의 변화를 판단하여 자기가 명령하고, 자기가 따르는 게릴라식 전투를 감행한 것입니다.

그 결과로 그들은 혁혁한 전과를 올렸지만, 막상 웰링턴 장군 (Arthur Wellesley Wellington)은 그들을 달갑지 않게 여겨 제대로 평가하지 않았다고 합니다. 젊은이들의 새로운 전투 방식을 눈으로 보면서도 영국의 군 지도자들은 변하지 않았습니다.

영국군 사령부에서는 기관총이 등장한 1차 세계대전 때도 워털루 전쟁 때처럼 일렬횡대로 질서 정연하게 공격하는 종래 방식을 고수하다가 수많은 병사들이 떼죽음을 당했습니다. 우리 곁에도 시대의 변화를 모르는 지도자들이 참으로 많습니다.

이제 낡은 워털루의 전투는 끝을 내야 합니다.

# 72

# 끝나지 않은 워털루 전투

## :바보 그루시 장군

나폴레옹(Napoleon Bonaparte)이 워털루에서 운명의 일전을 치렀을 때의 일입니다. 나폴레옹은 그루시 장군(Emmanuel de Grouchy)에게 3만 명의 별동대를 이끌고 패퇴하는 프로이센군을 추격하라는 명령을 내렸어요.

그런 뒤 나폴레옹이 이끄는 주력 부대는 워털루에서 영국군을 만나 치열한 전투를 벌이게 됩니다. 악천후 때문에 포를 제대로 움직이지 못한 나폴레옹군은 일진일퇴로 고전 중이었지요.

희망은 어느 편의 지원군이 먼저 오느냐로 결정될 전세였습니다. 그런데 프로이센군을 추격 중이던 그루시의 부대는 가까운 곳에서 포성이 들리는데도 그냥 모른 체 지나치고 말았지요.

왜냐하면 그루시는 죽으나 사나 나폴레옹의 명령대로만 움직여 온 고지식한 장군이었기 때문입니다.

부관 "워털루에서 전투입니다. 지원을 가야 합니다!"

그의 부관이 자기 부하들만이라도 워털루의 전투장으로 보내 달라고 애원을 했지만 황제 나폴레옹의 명이 있기 전에는 항명죄로 다스리겠다면서 듣지 않았던 겁니다.

"나는 황제에게 그런 명령을 받은 일이 없다. 계속 프로이센군을 추적하라!"

하지만 위급한 전황 속에서 나폴레옹은 그루시 장군이 포성을 듣고 달려올 것이라고 믿고 있었지요.

"그루시 장군은 어디에 있느냐? 그루시 장군은 아직 오지 않았느냐? 그루시?! 그루시~!!!"

애타게 그의 이름을 불렀지만 지원군이 온 것은 그루시가 아니라 프로이센의 군대였습니다.

워털루 전투는 끝나지 않았습니다. 나폴레옹 같은 한 사람의 영웅과 그루시 장군처럼 명령에만 따르는 사람들이 우리 주변에 아직도 살아 있기 때문이지요.

　지금은 한 사람, 한 사람의 지혜와 힘을 모아 글로벌 경쟁을 하는 스마트 몹(Smart Mob) 시대입니다.

그래요. 이제 나폴레옹도, 그루시 장군의 망령들도
모두 떠나야 합니다.
워털루 전투는 그렇게 끝나야 합니다.

# 73
## 창조의 지팡이

깊은 산속에서 나무꾼은 운 좋게 산신령님과 만났습니다. 나무꾼은 엎드려 빌었습니다.

"신령님! 저의 소원을 들어주소서!"

"그래, 네 소원이 뭐냐?"

"부자가 되는 것이 저의 꿈입니다. 저기 있는 돌덩어리만큼 금을 주소서."

산신령은 손에 든 지팡이를 들어 그 돌덩어리를 쳤습니다. 그러자 돌덩어리는 눈부신 황금으로 변했습니다.

나무꾼은 금덩어리를 보고도 다시 엎드려 빌었습니다.

"아직 저의 꿈이 이루어지지 않았습니다."

"네 소원이 금덩어리가 아니었더냐?"

그대요
우리의
꿈은 황금이
아니라
황금을
만드는
지팡이입니다

금보다 꽃
S...d...
2014

"예, 그런데 금덩어리는 이제 필요 없습니다. 산신령님, 그 지팡이를 저에게 주세요."

그래요. 우리의 꿈은 황금이 아니라 황금을 만드는 지팡이입니다.

만들어진 것이 아니라
무엇인가를 만들어 가는
창조의 지팡이입니다.

 깊이 읽기 73에는 이 편의 깊은 생각이 담겨 있습니다

# 74
## 회색의 비밀

서로 대립하는 색, 흑과 백.
더 이상의 변화는 없습니다.
반대색 같지만 양극은 통합니다.
그래서 흰빛을 뜻하는 프랑스어 블랑(Blanc)은
검은빛을 뜻하는 영어의 블랙(Black)과
그 뿌리가 같은 말이라고 합니다.

하지만 그들 사이에 낀
회색
점점 짙어지면 검은색이 되고
점점 흐려지면 흰색이 됩니다.

화가 파울 클레(Paul Klee)는 말했지요.

회색은 우주의 근원점이라고
회색은 검은색도 아니며 흰색도 아닙니다.

동시에 흰색이며 검은색입니다.
좌우가 싸울 때 회색분자는
기회주의자로 지탄을 받지요.
그러나 모든 것이 통하고 융합하는
통합의 시대에는
회색은 기회주의자의 빛이 아니라
창조주의자의 빛이 됩니다.

회색 속에 담긴 무한한 변화의 씨앗,
그 비밀을 찾아보세요.

# 75
## 채우지 않고 비어 있는 잔

 

한 선비가 큰 스님한테 뭔가를 배우고자 찾아왔습니다.

"스님, 제가 부족한 것이 많아 스님으로부터 큰 가르침을 받고 자 합니다."

자리에 앉자 선비는 자기의 이야기를 늘어놓기 시작했습니다. 스님께서는 묵묵히 듣고 계시며 선비의 잔에 차를 따라 주었습 니다.

자신의 지식을 자랑하며 계속 이야기를 하고 있던 선비가 보 니 스님께서는 선비의 잔에 차가 있는데도 계속 차를 따르고 계 시는 겁니다.

"아니 스님, 잔에 차가 넘치지 않습니까, 왜 이리 넘치도록 따 라 주십니까?"

그제서야 스님은 고개를 들어 선비를 바라보며 말씀하셨습니다.

"잔을 비워야 내가 채울 수가 있지."

"자네는 내게 가르침을 달라고 하고 자기 이야기만 계속하고 있으니 내 말이 들어갈 곳이 없지 않나. 자네 잔이 가득인데 내가 말한들, 내 말이 자네 마음속에 들어가겠는가."

찻잔을 비워야 따를 수가 있고, 마음을 비워야 가르침을 줄 수가 있는 법.

찻잔을 비우게.
마음을 비우게.

창조란 무엇입니까.
사람들은 채우는 것으로만 생각합니다.

그러나 창조는 비움 속에서 생겨나는 것입니다.

이어령 80초
생각
나누기

깊이 읽기

## 01 어머니의 발·견

머리로 아는 것과
손으로 만져 촉감으로 느낀 것
진짜는 무엇일까요?

〈어머니의 발·견〉은 일본의 한 회사에서 있었던
실화를 바탕으로 만든 이야기입니다.
동일본하우스의 창업자가
신입사원 면접시험 때 낸 문제였지요.
또, 이팜이라는 회사의 사장은
신입사원들에게 부모의 발을 씻겨드리고
작성한 감상문을 모아 한 권의 책으로 낸 적도 있었지요.
참고로 중국의 어느 초등학교에서는 어버이날 행사로
어머니의 발을 씻겨드리는 이벤트를 열어
화제가 된 적도 있었습니다.
분명히 이런 행동은 서양 사람보다
한·중·일의 아시아 문화권에 사는 사람들에게
더 큰 감명을 주리라고 봅니다.

QR코드를 찍으면 감동의 영상이 펼쳐집니다

## 어머니의 사랑은 가슴으로부터 시작하여 발에서 끝난다

어머니를 생각하면 어떤 장면이 떠오르나요? 이 세상에서 가장 평화로운 장면이 있다면 그것은 아마 어머니의 품에 안겨 젖을 먹고 있는 아기의 모습일 것입니다. 어미를 뜻하는 한자 '모(母)' 자를 보세요. 네모난 모양 안에 점 두 개가 찍혀 있는 것이 바로 어머니의 젖꼭지를 나타낸 모양이라고 해요. 모태에서 갓 태어난 어린애들은 보이지도 않고, 들리지도 않는 상태에서도 용케 어머니 젖을 찾아낸다고 합니다.

그러니 어머니와 아기는 문화 이전에 자연의 힘에 의해 연결되어 있는 것이지요. 그렇게 자식들은 어머니 젖을 먹고, 어머니 등에 업혀 잠들며 걸음마를 뗍니다. 그리고 서서히 어머니의 가슴으로부터 천천히 떨어져 나가지요.

그래서 어머니라고 하면 흔히 자신을 잉태해 길러 준 배(母胎) 그리고 품 안에서 키운 가슴, 그리고 그 사랑을 보여준 얼굴의 모습이 떠오릅니다. 하지만 어머니의 '발'은 우리가 모르는 사이 늘 분주하게 움직입니다. 자식이 제 발로 서서 걷게 되어도 어머니의 발은 쉬지 않지요. 물밑에서 끊임없이 물갈퀴를 움직이고 있는 백조의 모습과도 같지요.

### 발·견見 : 어머니의 발을 보다

제목에 쓰인 '발·견'이란 말은 발견(發見)이 아니에요. 어머니의 발에다 볼 견(見) 자를 붙인 겁니다. 어머니의 발을 본다는 뜻이지만, 말 그대로 어머니를 발견했다는 뜻으로도 읽히죠.

왜 발 이야기를 하느냐고요? 사실 사람 몸에서 가장 천한 대접을 받고 있는 것이 발이지요. 얼굴이야 '얼짱'이라고 해서 성형수술까지 하지만 '발짱'이란 말은 들어본 적이 없습니다. 그래요. 동과 서의 문화가 달랐지만 발을 내놓는 것을 수치로 알았던 것은 똑같았지요. '맨발의 백작 부인'이란 말이 있듯이 귀한 사람일수록 맨발을 금기시했지요. 아마도 그건 발이 험하고 힘든 현실을 품고 있기 때문일 거예요.

현실성이 없고 이상적인 것을 일컬어 '붕 떠 있다.'고 합니다. 발이 땅에서 떠 있다는 뜻이에요. 그만큼 발은 현실과 맞닿아 있는 중요한 상징이죠. 우연히도 영어로 '일하다'는 뜻인 워크(Work)와 '걷다'는 뜻인 워크(Walk)도 철자가 비슷하죠.

이야기 속에 등장하는 홀어머니는 아들을 어떻게 키웠을까요? 아마도 고된 현실을 이겨내면서 아들을 대학까지 보냈을 거예요. 어머니의 노동은 고스란히 두 발에 남아 있죠. 동서고금 할 것 없이 자식들은 어머니의 귀중한 노동을 통해 성장합니다. 가슴으로만 키울 수는 없는 노릇이죠. 어머니가 걸은 발자국이 바로 사랑의 흔적이고, 돈으로 따질 수 없는 것이죠. 자식들은 머리와 가슴으로 어머니의 사랑을 알아요. 그러나 그 실체를 정확히 알지는 못하죠. 하지만 어머니의 발을 직접 만져보면, 즉 터치하면 어머니의 노동과 사랑은 눈에 보이는, 만져지는 실체로 다가옵니다. 진짜를 만나게 되는 거예요.

## 발은 자연, 손은 문화, 이 양극이 하나로 만날 때

이런 이야기를 하면 요즘 아이들은 이런 말을 할지도 몰라요. "우리 엄마 발은 곱기만 하던데요? 매니큐어도 칠해요!" 맞습니다. 요즘이야 옛날 어머니들처럼 갈라진 발에 오그라든 발톱을 한 어머니는 흔치 않죠. 중요한 것은 어머니의 발을 통해 실체에 다가선 것처럼, 손으로 만지면서, 터치하면서 사람과 세상 속으로 들어가야 한다는 거지요.

앞에서 말한 것처럼 발이 자연을 뜻하는 것이라면 손은 문화를 상징하지요. 오늘날에는 자연과 문화가 멀리 떨어져 분리된 상태이지만 그것을 다시 연결하는 데에서 또 다른 미래의 문명이 창조되는 것이지요. 어렵게 생각하지 마세요.

회사 사장님이 신입 사원에게 바란 것은 무엇일까요? 바로 어머니의 발을 손으로 만지듯, 고객의 마음을 터치하길 원했던 것이죠. 실제로 다섯 손가락을 구부려 사물을 감싸 안아 느낄 수 있는 것은 인간뿐입니다. 인간을 가장 닮은 원숭이가 있지만 무엇인가 물건을 쥐는 것을 보면 아주 다르다는 것을 알 수 있지요. 사람의 손은 엄지손가락이 다른 손가락들과 반대 방향으로 움직일 수 있어서 사물을 꼭 쥘 수가 있어요. 그래서 한 철학자는 인간의 손을 '밖으로 나온 뇌'라고 부르기도 했지요.

손으로 쥐어 그 촉각을 온몸으로 느낄 때, 우리는 머릿속으로만 맴돌던 생각의 실체에 다가설 수 있어요. 몸으로 체득한 것은 머리와 가슴으로 막연하게 느끼는 것과 아주 다르죠. 상대방의 신체에, 마음에 가깝게 도달할 수 있으니까요.

성경에서 가장 감동적인 장면 중 하나가 바로 예수님이 그의 제자들 발을 씻겨주는 장면입니다. 흔히 그것을 섬김의 리더십으로 이야기하고 있지만 그 이상의 여러 뜻을 내포하고 있는 행위입니다. 종교를 영어로 'Religion' 이라고 하는데 'Re' 는 다시를 뜻하는 접두어이고 'Ligion' 은 결합하는 뜻하는 말입니다. 종교는 끊겼던 관계를 이어준다는 뜻입니다. 하나님과 인간의 단절을 다시 이어 주기 위한 매개자가 바로 예수였고 그 예수는 버림받은 인간의 발을 씻어줌으로써 다시 성스러운 것과의 연결을 가능하게 한 것입니다. 어머니의 발·견, 그것은 곧 가장 성스러운 것의 발견이기도 한 것입니다.

 프란치스코 교황의 세족식

## 04 국토와 국어에서 산다

독일의 문호 괴테는 그가 쓴 『동서시집』에서 은행나무를 동양의 슬기로운 나무로 표현하고 있어요. 현재 유럽에 퍼져 있는 은행은 1693년 일본의 나가사키에서 독일의 의사이며 박물학자인 켐페르(Engelbert Kaempfer)에 의해 전해진 것입니다. 원래 은행은 중국에서 전파된 것으로 한자로는 '銀杏' 이라고 씁니다. 그것을 일본식 발음으로 옮기면 긴쿄인데 켐페르가 학명으로 그것을 등기할 때 ginkyo가 아닌 'gingko' 로 오기한 것이 오늘까지 그대로 사용되고 있습니다.

최근 중국에서는 나라를 상징하는 새로 단정학을 선정한 적이 있습니다. 하지만 그 학명에 일본의 이름이 붙어 있는 것을 알고 그 안을 버리게 되었습니다.

 초롱꽃

매화 (Japanese apricot flower)

## 10 느껴야 움직인다

사람은 느껴야 움직인다.
그래서 감동이란 말은
느낄 感 자와 움직일 動 자의 한자에서 나온 것이다.
하지만 느낌에 방향이 없다면,
움직임에 길이 없다면?

누군가 말했습니다. 깃발이 나부낀다고.
그러나 다른 사람이 말했지요.
아니다,
깃발이 움직이는 것이 아니라
바람이 움직이는 것이다.
그러자 또 다른 사람이 말했어요.
아니다,
바람이 부는 것이 아니라
마음이 움직이는 것이다.

QR코드를 찍으면 감동의 영상이 펼쳐집니다

## 예나 지금이나 가슴에 호소하는 일, 정치

사람의 마음을 얻기 위해 늘 안간힘을 쓰는 사람들이 있지요. 바로 정치하는 사람들입니다. 정치는 합리성만으로는 해결되지 않는 아주 다이내믹한 영역이지요. 누구의 주장이 옳은가 그른가도 필요하지만 결정적으로는 누가 국민들의 마음에 파고들어 움직이게 하는가가 중요합니다. 사실 인간은 이성으로 똘똘 뭉친 존재가 아니죠. 그러니 늘 정치가 포퓰리즘(Populism)으로 흘러가는 현상을 경계하면서도 군중은 그편을 선택하는 일이 많지요.

정치의 기본 생리는 고대 그리스에서도 마찬가지였습니다. 당시 고대 그리스 사람들은 아고라(Agora)에 모여 하루 종일 정치 토론을 벌이곤 했지요. 아고라에 모인다고 하면 오전이고, 아고라에서 흩어지면 오후라고 했다니, 온종일이 맞나 봅니다.

아고라에 모인 사람들은 끊임없이 말을 했습니다. 당시에는 마이크 시설도 없었을 테니, 자기 목청을 드높여 소리치는 수밖에 없었겠지요. 그러니 목소리가 작은 사람은 정치하기가 힘들었어요. 이소크라테스(Isokrates)라는 변론가는 박식하고, 머리도 좋은 사람이었지만 목소리가 작아서 정치를 그만두고 이론가로 한평생을 보냈다고 합니다. 어쨌거나 정치를 하려면 일단 목소리가 크고, 우르르 모여 있는 사람들의 마음을 단숨에 끌어당길 수 있는 언변이 필요했겠지요. 당시에도 이성보다는 아고라에 모인 사람들의 가슴에 호소하는 측면이 컸던 것입니다. 그래서 소피스트 레토릭(Sophist Retoric)과 같은 수사학은 민주주의와 함께 그리스에서 탄생되었던 것이죠. 동시에 시민을 선동하는 데마고기(Demagogy)로 민주주의를 그르친 것도 그들이었습니다.

## 춤 잘 추고 노래 잘하는 동이족

문학의 역사에서도 머리와 가슴은 늘 줄다리기를 해왔습니다. 고전주의와 낭만주의가 엎치락뒤치락 한 거죠. 고전주의는 언어를 쓸 때 법칙을 중요하게 여겼지요. 말이 아무리 잘 뛰어도 꼭 재갈을 물려야 한다는 거예요. 반면 낭만주의는 구속의 재갈을 빼고 무한 질주하는 힘을 추구했지요. 말이 말다운 것은 재갈이 아니라 질주할 때의 그 말갈기이지요.

우리나라도 한때는 깐깐한 선비 문화의 질서가 자리 잡혀 있었죠. 하지만 지금은 케이팝(K-Pop) 시대입니다. 싸이 말춤의 유튜브 다운 수가 8억이 넘었다고 합니다. 머리로는 이해가 가지 않는 선풍이 쓰나미처럼 전 지구를 덮힌 격이지요. 한국인의 신바람이 바로 그 가슴을 울린 것입니다. 그 감동의 힘, 호소력이 참으로 대단합니다.

## 스티브 잡스가 세탁기 고르는 법

세탁기 광고를 보세요. 현대의 발명품 가운데 여성에게 최고로 공헌한 것이 무엇인가라는 여론조사에서 여인네의 브래지어 다음으로 꼽힌 것이 전기세탁기라는 것이죠. 알 만해요. 옛날 개울가에서 세탁하는 한국의 아낙네들이 빨래하는 모습을 한번 생각해 봐요. 빨랫방망이로 사정없이 팡팡 두들겨 패고 그렇게 빨고 나면 이번에는 물기를 짜내려고 조이고 비틀고 꽈서 땟국물을 짜내지요.

그러니 문명의 기술로 만들어 낸 전기세탁기라고 해도 한국에 오면 요란할 수밖에 없지요. 광고 문안은 물론이고 세탁기 이름도 세탁물을 비비고 팡팡 때리고 비틀어 짜내는 속 시원한 빨래터를 연상케 하는 이미지로 채워집니다. 그래서 '팡팡세탁기', '짤순이'가 나온 거예요. 세탁기 광고와 그 이름이 요란할수록 우리 주부들은 가슴속에 맺혀 있던 응어리를 확 풀어내면서 더러운 때를 벗겨내는 순결 전쟁에서 승리할 수 있는 것이지요.

그런데 스티브 잡스(Steve Jobs)가 가족들을 모아 놓고 고른 세탁기는 달랐지요. 한국식 감성이 아니라 세탁기를 이성적으로 '쿨'하게 고른다면 그 기준은 무엇일까요? 아마도 전력이 덜 든다거나, 때가 잘 빠진다거나 내구성이 있다거나 남들은 그런 점에 착안하겠지만 스티브 잡스는 달랐어요. 잡스가 고른 세탁기는 빨랫감을 가장 덜 상하게 하는 거였대요. 우리나라 광고들은 다들 옷감 잡아먹는 이야기인데, 정반대의 기준을 삼았던 것이죠.

감성으로 승부를 걸었던 스티브 잡스도 세탁기를 고를 때에는 차갑고 차가운 합리주의자였지요.

## 아버지의 낙마

20세기 산업주의 시대에는 모든 것이 틀에 박혀 있었지요. 하지만 앞으로의 시대는 머리로 따지며 사는 시대가 아닙니다. 정치, 경제, 사회, 문화 등 모든 영역에 가슴이 필요한 시대가 되었지요. 사람들에게 느낌을 주고, 공감대를 형성하고, 감동을 주어야만 새로운 창조가 가능한 시대에 살고 있지요.

이왕에 세탁기 이야기가 나왔으니 이번에는 자동차 고르는 이야기를 해봅시다. 남편은 낡은 차를 바꾸기 위해 일 년 넘게 자동차 카탈로그와 전문지를 구입하여 면밀히 검토하지요. 연비 대비, 가격 대비 그리고 엔진의 마력은 어떻고 브레이크의 안전장치는 어떻고, 전륜 구동이냐 후륜 구동이냐 최고 속도와 쿠션의 승차감까지 따지고 연구한 끝에 겨우 이상적인 차 한 대를 고르게 되지요.

그리고 다음 날 설레는 마음으로 아내와 아이들을 데리고 자동차 판매장에 갑니다. "바로 이 자동차야. 어때!" 전문가가 다 된 아버지는 어려운 용어를 섞어가면서 자신이 천신만고 끝에 얼마나 놀라운 차를 점찍었는가를 자랑합니다.

그러나 몇 분도 안 돼 아내의 시선과 감탄사는 빛 좋고 잘 빠진 차로 향합니다. 그리고 아이는 한마디로 아버지의 이성을 무너뜨리죠. "저 차예요. 내 친구 아버지가 연예인인데요. 저 차를 몰거든요." 결국 아버지는 스쳐 가는 산들바람처럼 한순간의 번개로 일 년 넘게 공들인 명마에서 낙마하고 마는 것이지요.

얽어도 장에 가고 굶어도 떡 해 먹고

그런 의미에서 보면 우리나라는 이미 새로운 시대에 적응할 수 있는 문화를 가지고 있어요. 한국인들은 어느 민족보다 감성적이고 신바람을 낼 수 있는 사람들이니

말이죠. 오죽했으면 '얽어도 장에 가고, 굶어도 떡 해 먹는다.' 는 말이 있겠습니까. 남들이 흉을 보든 안 보든 놀러 가고, 내일 굶더라고 일단 먹고 보는 사람들. 어찌 보면 괴상한 민족이죠.

그런데 이런 단점이 장점이 되는 시대가 곧 후기 산업주의 사회 정보 문명의 포스트모던의 문화현상이라고 할 수 있겠지요. 감성, 상상력, 생명력을 요구하는 시대와 한국인의 신바람이 맞물려 도저히 따라잡을 수 없을 것 같은 일본을 따돌릴 만큼 성장하게 되었지요. 특히 전자제품이나 반도체 IT분야 같은 21세기형 산업에서 말입니다.


방향이 없으면 떨어진다


사실 한국인이 지닌 독특한 감성의 회오리는 역사적으로 큰 힘을 발휘해왔지요. 무려 35년 동안 일본의 식민지로 살아가면서도 생명력은 꺼지지 않았죠. 그 힘이 튀어나와 민주화 운동으로 태어나기도 하고, 성공적인 산업화를 이끌기도 한 거예요.

이 힘을 지속해 나가려면 방향 없이 뛰는 눈먼 말이 되어서는 안 됩니다. 자칫 지금까지 이어온 다이내믹한 힘이 나락으로 떨어질 수도 있으니까요. 감동의 말갈기에 이제는 이성의 재갈을 물려야 합니다. 지금은 그 누구도 미래의 방향을 점칠 수 없는 시대입니다. 그러니 그 어느 때보다 이성의 힘이 필요한 시기이기도 합니다. 빨리 잘 다니는 자동차일수록 브레이크가 잘 들어야 합니다. 지금 한국은 브레이크가 고장 난 자동차처럼 험한 고갯길을 달리고 있지 않습니까.

질주하는 말에 재갈을 물린다는 말은 무엇인가. 감동은 학술어가 아니기 때문에 지금까지 별다른 정의 없이 써온 말입니다. 이제부터는 그 말을 주관적인 체험에 의존하지 않고 학문적으로 접근하는 방법이 바로 그 재갈 역할을 하게 될 것입니다.

# **12** 아버지와 손을 잡을 때

아버지 없는 시대
반포지효,
우리가 그 까마귀보다
못하다면

〈아버지와 손을 잡을 때〉는
그동안 인터넷 블로그 등을 통해 구전된 작자 미상의 이야기를
다시 고쳐 새롭게 꾸민 이야기입니다.
여기 이 까치를 까마귀로 바꿔보면
더욱 그 뜻이 분명해질 것입니다.
반포지효(反哺之孝), 까마귀가 늙은 어미에게
먹이를 물어다 준다는 것으로
자식이 자라서 길러 준 부모에게 은혜를 갚는다는 뜻입니다.
그러나 우리가 그 까마귀보다 못하다면….

부모님이 돌아가시면 옛날 우리 조상님들은 그 무덤 옆에 움막을 짓고 삼년상을
치렀습니다. 그러나 그 옛날 유교 사회에서도 왜 삼 년을 복상해야 하는지 그 뜻을
알고 효를 한 사람은 그렇게 많지 않았던 것 같습니다. 『논어』를 읽어보면 이 삼년
상을 에워싸고 논쟁을 하는 장면이 나옵니다. 재아(宰我)라는 문하생이 공자에게 묻

습니다. 부모님의 삼년상은 너무 길다는 것입니다. '묵은 곡식이 없어지고 햇곡식이 났으며 불씨를 일으키는 수나무를 바꿔 뚫어 불씨를 일으킨 바에야 복상도 일 년으로 끝내는 것이 좋을 것'이라는 주장이었지요. 그에 대해 공자님은 이렇게 반문합니다. "부모를 잃고 겨우 한 해가 지났는데 쌀밥을 먹고 비단옷을 입는 것이 네 마음에 편하겠느냐?" 그리고 그 말에 편하다고 말하는 재아를 향해서 "그러면 그렇게 하라."라고 말씀하시고는 돌려보냅니다.

이 장면에서 우리는 부모의 삼년상은 단순한 형식적 예법이 아니라는 것을 알게 됩니다. 그것은 인간의 마음에서 자연히 우러나온 숫자인 것이지요.

왜 일 년이면 안 될까요? 동물 중에서 가장 미숙한 채로 태어나는 것이 바로 인간이에요. 다른 짐승들은 태어나자마자 걸어 다니고 스스로 먹이를 구하죠. 하지만 인간은 태어나서 일 년이 지나도 겨우 일어서서 걸음마를 배울 정도입니다. 최소 삼 년이 지나야 부모 곁을 떠나 혼자서 숟가락질을 하고 대소변을 가립니다. 우리는 이 세상에 태어나 삼 년 동안 한시도 부모의 눈에서 떨어져서는 살 수 없었던 거죠. 그러므로 효의 윤리가 아니라도 삼 년 동안 절대적인 도움을 받은 부모의 사랑을 삼 년 복상으로 갚는 것은 당연한 것으로 생각됩니다. 매사를 '기브 앤 테이크(Give and Take)'의 거래로 계산하는 오늘의 상업주의적 시각으로 봐도 합리적인 논리일 것입니다.

도끼를 든 사람, 그 이름은 아버지

사실 오늘날은 살아 계신 부모님께 효도하기도 힘든 세상이 되었죠. 특히 늙은 아버지의 존재는 자식들에게 부담으로 느껴집니다. 우리가 버릇없는 사람을 보고 '아비 없는 호래자식'이라는 표현을 쓰곤 하는데, 지금이 바로 '아비 없는 시대'가 아닌가 싶어요. 가부장제도가 많이 무너진 상태이기 때문에 가정에서 아버지가 있어도 아버지의 존재는 보이지 않지요.

원래 생물학적으로 봐도 짐승들의 세계에는 아버지의 존재란 것이 뚜렷하지 않습니다. 앞에서도 이야기했지만, 인간은 미숙아인 채로 태어나기 때문에 어머니 혼자 힘으로는 키우기 힘들지요. 누군가가 어머니와 함께 키워줘야만 했던 거죠. 아버지를 뜻하는 '부(父)' 자와 도끼를 뜻하는 '부(斧)' 자를 살펴보세요. 비슷하죠? '부(父)'는 남자가 두 손에 도끼를 들고 서 있는 모습을 본떠서 만든 글자라고 풀이하기도 합니다. 어머니 '모(母)' 자는 가슴에 있는 두 젖꼭지 모양을 나타낸 거고요. 어머니는 자식에게 젖을 먹여 기르고 아버지는 도끼로 먹을 것을 잡기도 하고 침입자를 막아 처자식을 보호하면서 살아온 거예요. 그렇게 짐승의 무리에선 발견할 수 없는 가족제도가 탄생하게 된 겁니다.

하지만 아버지가 늙고 힘이 쇠약해지면 그리고 시대가 바뀌어 가부장제도가 무너지기 시작하면 도끼를 든 손의 힘은 잃게 됩니다.

어렸을 때는 아버지의 손을 잡고 다니던 아들이 크면 그 손을 놓고 혼자서 세상을 향해 걸어갑니다. 아버지를 넘어서야 비로소 아버지가 되는 이 역설, 더구나 가부장적 권위주의가 붕괴된 현대사회에서 아버지 앞에 있는 것은 황혼- 홈리스(Homeless)라고 하면 으레 이런 아버지들의 모습이 떠오르게 되지요.

## 어머니의 자리, 아버지의 자리

나와 가장 가까운 친척은 누구인가라는 물음에 요즘 아이들은 대부분이 '이모'라고 대답하는 경우가 많다고 해요. 어머니가 젊은 여자와 함께 있으면 대개는 이모죠. 할머니하고 같이 있으면 대개는 친정어머니고요. 부권이 강했던 시절 고모의 자리에 이모가, 시어머니의 위치에 친정어머니가 들어선 것이지요.

그렇다고 아버지의 힘이 어머니보다 커야 한다고 말하는 건 아니에요. 한 가정에서 아버지와 어머니, 자식의 역할은 달라야 하죠. 사회로 치면 어머니의 역할은 보건복지부이고, 아버지의 역할은 법무부나 국방부쯤 될 거예요. 어머니는 보살피고, 아버지는 질서를 세우는 일을 하는 거죠. 그 역할이라는 것은 어머니와 다른 거죠. 자크 라캉(Jacques Lacan)이라는 사람도 말했지만 저는 아버지와 어머니, 자식이 이루는 삼각형이 제대로 균형을 잡아야만 안정된 가정을 이룰 수 있다고 생각해요. 옛날에는 아버지의 힘이 더 컸다면, 지금은 어머니의 힘이 더 커진 상태지요. 무엇이건 한쪽으로 기울면 안 된다고 봐요. 도끼로 상징되는 아버지의 사랑을 되살려야만 가정뿐 아니라 사회의 질서와 기강도 흔들리지 않을 거예요.

## 아버지, 왜 나를 말리지 않았나요

'아비 없는 시대'는 우리 모두를 나약하게 만들고 있는지도 몰라요. 미국에서 소년소녀 범죄자들을 대상으로 왜 범죄를 저질렀느냐고 물어보면 그 대답 중에는 아버지를 원망하는 소리가 많다는 거예요. 아버지가 왜 날 그냥 방치했느냐, 왜 처음 비행을 저지를 때 말리지 않았느냐는 것이지요. 뜻밖에도 '힘 있는 아버지'를 요구하는 목소리가 컸던 거죠.

오늘날의 가정이나 사회에서는 엄한 아버지의 모습을 찾기 힘들죠. 나의 행동에 대해 정확하게 판단하고 개입해 줄 사람이 없다는 거예요. 그러면 결과적으로 나약하고 자신의 행동을 제어하지 못하는 사람들이 늘어나게 되지요. 이것은 단지 한 가정의 문제가 아니라, 사회의 문제예요.

## 인간에게만 있는 아버지와 자식 사이

자식이 어머니의 사랑을 느끼고 그에 보답하려고 하는 건 어쩌면 자연적인 현상이에요. 본능이죠. 하지만 아버지는 달라요. 아버지에 대한 태도는 본능이 아니라 학습이고 인간이 만들어온 문화 현상이죠. 다시 말하지만 동물들은 아버지와 자식 사이의 관계가 없어요. 짐승들은 그저 짝짓기만 하고 떠나버리죠. 인간은 자식을 키우는 데 오랜 세월이 걸리고, 어머니의 힘만으로는 키울 수 없는 존재이기 때문에 오랜 세월에 걸쳐 아버지와 자식 사이의 역할이 문화 현상으로 드러나게 된 거예요.

'아버지가 아들에게 선물을 할 때에는 부자가 함께 웃지만 아들이 아버지에게 선물을 할 때는 부자가 함께 운다.'는 명언이 있습니다. 아버지가 아들에 주는 선물은 자연 현상이지만 아들이 아버지에게 드리는 선물은 문화 현상입니다. 인간만이 할 줄 아는 행동이기에 감동이 따르는 것이지요. 그러한 마음과 영성이 하늘로 향하면 하나님을 아버지라고 부르는 종교가 나타나는 것이지요. 반대로 아버지를 공경할 줄 모르는 불효는 바로 자연을 파괴하고 환경을 오염시킨 오늘날 문명의 모습으로 나타납니다.

### 아버지의 존재

아이를 씻기고 대앗물과 함께 아이까지 버렸다는 이야기가 있습니다. 이런 속담을 들으면 사람들은 웃지만 우리 현실 속에서 늘 있는 이야기입니다. 권위주의를 버린다는 것이 권위 그 자체와 존경, 감사 그리고 섬기는 마음까지 버리고 말았습니다. 그렇게 아버지의 존재마저 우리 가정에서 실종된 것이죠. 그래서 무질서와 폭력과 비속한 일들이 판을 칩니다. 기세를 올립니다. 이러한 사회를 '아비 없는 시대(Fatherless Society)' 라고 하지요.

 노인성 치매와 청년성 치매

노인성 치매 환자가 급증하고 있습니다. 2002년 약 5만 명에서 2009년 약 21만 명으로 늘어났다고 하니, 7년 동안의 증가율이 무려 4.5배에 이르고 있지요. 한 가정의 문제가 아닌, 사회적인 문제입니다. 선거 때만 되면 노인을 폄하하는 젊은 정치인들의 수가 늘고 있습니다. 노인성 치매와 달리 청년성 치매는 자기도 곧 아버지처럼 늙게 된다는 뻔한 사실을 잊어버릴 때 발생하는 병이지요.

## 17 구구소한도(九九消寒圖)

하루에 한 송이
매화 그림에 붉은 칠을 하며
추위를 견딘 마음,
참고 견디는 선비정신을 아십니까

〈구구소한도〉는 우리 조상들이 간직한
기다림과 창조의 정신을 보여주는 세한 풍속이었습니다.
요즘 겨울은 어떤가요?
난방시설이 좋아져서 겨울이라 해도 온종일 벌벌 떨 일은 없지요.
야채나 과일도 먹을 수 있으니 얼마나 좋습니까.
하지만 옛날에야 어디 그랬나요.
겨울은 단단히 준비해서 맞이해야만 하는 힘든 계절이었지요.
그런데 이리도 힘든 겨울을 봄을 기다리는 마음으로
그 정신력으로 견뎌낸 사람들이 있습니다.
구구소한도를 그리는 선비 방을 들여다보세요.
어쩌면 우리에게 지금 가장 부족한 것이
바로 이 선비정신일는지도 모릅니다.

QR코드를 찍으면 감동의 영상이 펼쳐집니다

 겨울에 구구소한도를 그리는 풍습은
중국에서 시작되어 우리나라로 들어온
것이라고 합니다. 벽에 81송이의 흰 매
화꽃을 그려 붙이고 동지(冬至) 이튿날
부터 한 송이씩 붉게 칠해가는 것이지
요. 왜 하필 81송이냐고요? 양기(陽氣)를 뜻하는 홀수에서 가장 큰 수가 아홉수잖아
요. 구구단에서 이미 배웠듯이 아홉에 아홉을 곱하면 81수가 되기 때문이지요. 동
지부터 9일마다 점차 추위가 누그러져 9번째, 즉 81일이 되는 날에는 추위가 풀리
고 봄이 찾아온다는 겁니다.

　구구소한도에는 여러 가지 형식이 있었다고 해요. 그중에서 선비들이 가장 좋아
한 것은 바로 매화도였습니다. 마지막 하얀 매화의 꽃잎을 칠하는 날이면 경칩(驚蟄)
과 춘분(春分)의 중간, 즉 3월 10일 무렵이 됩니다. 이때쯤 구구소한도를 떼어내고
창문을 열면 눈 속에서 피어난 것 같은 진짜 매화가 피어 있고, 마침내 봄은 얼었던
마당 가까이 와 있는 것이지요. 추위에서 봄을 기다리는 간절한 마음이 담겨 있는
소한법이지요. 냉방장치로 피서를 하고 난방 시스템으로 피한을 하는 오늘의 우리
와 비교해보세요. 어느 쪽이 더 행복한 경칩, 춘분이었을까요?

이퇴계가 사랑한 꽃, 매화

　구구소한도에 그려진 매화는 선비들이 사랑한 꽃이었어요. 매화는 겨울의 끝머

리에서, 모든 꽃에 앞서 꽃을 피우며 봄소식을 알려 주는 봄의 전령이었어요. 아무도 봄을 이야기하지 않을 때, 누구보다 먼저 봄을 느끼고 피어난 것이지요. 또한 그 모습이며 암향부동(暗香浮動)의 풍취가 고상한 절개를 지녔다 해서 예부터 선비들은 사군자(四君子) 중 으뜸으로 매화를 꼽곤 했습니다. 눈보라를 이겨내면서 꽃을 피우니, 온갖 역경과 고난을 극복해 온 우리 민족의 역사에 비견되기도 하지요.

퇴계 이황은 돌아가시던 날, 기르던 분매(盆梅)에 물을 주라고 명했는데, 이것이 마지막 유언이었다고 해요. 옛 선비들은 이렇게 꽃 중에 제일 먼저 핀다 하여 매화를 화형(花兄)이라 했고 그 모습이 신선 같다고 하여 매선(梅仙)이라고도 불렀지만 퇴계에 있어서 매화는 반가운 친구였지요. 그래서 절우사(節友社)라고 부르던 뜰에 매화를 심어놓고 이른 봄 추운 곳에 나가 앉아 매화와 대화를 한 것이지요. 비유가 아니라 정말 대화한 것입니다. 퇴계 선생은 꽃에서 이야기를 들었던 것 같아요. 봄철한복판에 피는 벚꽃이나 살구꽃 같은 것을 시끄럽다고 하여 좋아하지 않았지요. 그렇지요. 매화는 다른 것보다 앞서 홀로 피기에 조용합니다. 그 향기도 다른 꽃처럼 요란하지 않지요. 암향부동(暗香浮動)이라는 수식어대로 은은히 있는 듯 없는 듯하여 달그림자처럼 어렴풋합니다. 그래서 문인화의 매화는 곧잘 보름달과 함께 피어 있지요.

우리 선비들은 조선조 백자에서 보듯이 화려한 색채를 배격하고 무채색의 담박한 흰빛을 좋아했지요. '천엽(千葉)이 단엽만 못하고 홍매(紅梅)가 백매(白梅)만 못하다.' 고 한 다산(茶山) 정약용의 말대로 한국에서 '매화라고 하면 홍매가 아니라 으레 백매' 를 의미한다고 했어요. 그와 마찬가지로 꽃의 향기에 있어서도 짙은 냄새를 기피하고 암향을 좋아했다는 것이지요. 그래서 우리 선조들은 목란의 향기가 너무 짙어 머리를 아프게 한다 하여 자두향(刺頭香)이라 불렀고 벚꽃 향내 역시 지리다 하여 요통향(尿痛香)이라고 싫어했다는 겁니다.

## 일본의 벚꽃, 한국의 매화

일본 사람도 매화를 좋아했지만 국수주의 문화가 짙어질수록 그보다는 벚꽃을 내세웠어요. 매화를 벚꽃과 비교해보면 일본인과 한국인의 취향이 어떻게 다른지를 알 수 있어요. 매화는 이른 봄에, 벚꽃은 봄의 한복판에 피는 것부터 다르지만, 역시 감상할 때도 매화는 한 송이 한 송이를 뜯어 봐야 하지만 벚꽃은 무리 지어 일시에 내뿜는 전체적인 군집미(群集美)에 그 특성이 있어요.

특히 일본의 군국주의자들이 예찬했던 벚꽃은 집단성과 화사함 그리고 미련 없이 흩어져 지는 죽음의 미학까지 지니고 있어요. 매화가 지니고 있는 은둔성이나 끈질긴 내한성, 내면적 고고함과는 대조적입니다.

## 탐매(探梅) 심매(尋梅) : 눈 속에 핀 매화를 찾아가다

구구소한도의 풍속보다 우리의 선비들은 더욱 매화에 대한 사랑이 적극적이었죠. 앉아서 매화를 그리고 봄을 기다렸던 것이 아니라 겨울 산골짜기에 피어 있을 설중매를 찾아 집을 나섰지요. 그것을 심매 혹은 탐매라고 불렀어요. 중국의 은자

임화정(林和靖)의 꽃으로 상징되지만 아닙니다. 숨어서 피는 꽃을 찾아 나서는 탐매 정신은 의와 진리를 찾는 선비 정신의 치열하고 모험적이고 적극적인 행동성을 보여주는 것이지요.

사실 중국인들은 매화보다 화려하고 큰 꽃인 모란을 더 좋아하여 꽃 중의 왕 '화왕(花王)'이라고 불렀고, 일본인들 역시 매화보다 벚꽃을 더 찬미하여 한때 나라꽃으로 정하기도 했지요. 그러고 보면 우리만이 국화인 무궁화보다 더 매화를 숭상하고 기렸지요.

프랑스의 미래학자 자크 아탈리(Jacques Attali)가 동아시아에 EU 공동체 국가 같은 것이 생겨난다면 아마도 그 수도는 한국의 서울이 될 것이라고 예언한 적이 있었지요. 정말 그런 시대가 온다면 그 나라 꽃 역시 매화가 될 것입니다. 한국의 선비 정신의 상징, 추위를 참고 견디면서 구구소한도를 그리며 봄을 기다렸던 그 꿈에 적합한 꽃은 매화가 아닐까요?

# 29 콩 세 알

사라져 버린 까치밥,
과연 오늘날의 생산력은
옛날보다 나아졌을까요?

〈콩 세 알〉은 우리 선조들의 지혜를 담은 이야기입니다.
콩 세 알을 심어서 하나는 새가, 하나는 벌레가,
하나는 인간이 먹는 따뜻한 마음.
자연과 인간이 손잡고 사는 조화로운 세상이 있었습니다.
하지만 지금은 어떻습니까?
하늘을 나는 새는 쫓아버리고,
땅속의 벌레는 농약과 제초제로 죽입니다.
그렇다고 우리 인간이 과연
콩 세 알을 모두 차지할 수 있을까요?

QR코드를 찍으면 감동의 영상이 펼쳐집니다

## 까치밥과 고수레 그리고 짚신

우리 조상들처럼 자연을 사랑한 사람들도 없었을 겁니다. 봄에 벌레들이 알을 까고 나오는 시기에는 반 정도만 조여 느슨하게 짚신을 삼았다고 해요. 그렇게 만든 오합혜(五合鞋)를 신고 다니면 벌레들이 밟혀 죽는 걱정을 하지 않아도 되니까요.

고수레라는 것도 있지요. 산이나 들에서 음식을 먹을 때, '고수레' 하면서 음식을 조금씩 던집니다. 세끼 밥도 못 챙겨 먹던 사람들이 벌레와 함께 음식을 나눠 먹으려는 풍습입니다.

까치밥은 또 어떻습니까? 감나무의 감들이 저녁 해처럼 빨갛게 익으면, 사람들은 겨울에 먹으려고 감을 따지요. 하지만 감나무 꼭대기에 열린 감 하나는 따지 않고 그래도 둡니다. 추위와 배고픔에 떠는 까치들이 먹으라고 남겨두는 것이지요. 그래서 아이들이 감을 딸 때면 으레 할머니들은 파란 가을 하늘을 바라보면서 이렇게 말합니다.

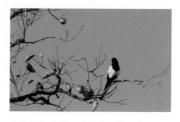

"까치도 먹고 살아야제. 하나 내비두야 된대이."

## 옛날보다 못한 농업 기술과 생산성

'옛날 사람들은 물로 농사 짓고 오늘날 사람들은 석유로 농사를 짓는다.' 고 합니

261

다. 이상한 말로 들릴지 모르지만 농가에서 쓰고 있는 화학 비료와 농약은 모두 석유에서 나온 것이라 하는 말입니다. 여름밤이 되면 아이들의 마음을 설레게 하던 그 많던 반딧불이는 모두 다 어디로 갔을까. 농약을 치는 바람에 해충만 죽은 것이 아니라 다슬기들까지 모두 죽고 맙니다. 그리고 다슬기만 죽은 것이 아니라 그것에 서식하고 있던 반딧불이도 멸종하고 말았습니다.

그래도 사람들이 참고 있는 것은 그것으로 농업 생산성이 올라갔다고 생각하고 있기 때문입니다. 겉으로만 보면 틀린 말은 아니지요. 하지만 농업 기술과 그 생산력이 세계에서 가장 높다는 미국을 보세요. 그것이 착각이었음을 곧 알게 될 것입니다.

보통 농사꾼은 1칼로리의 품을 들여 10칼로리를 얻는다고 말합니다. 그런데 미국 아이오와 주(州)의 농사꾼의 경우에는 그 6,000배나 되는 칼로리를 생산하고 있다고 합니다. 그리고 미국은 헥타르당 평균 곡물 수량이 4.8톤(1985년)인데 나이지리아, 모잠비크, 탄자니아, 수단의 4개국 평균은 0.57톤에 지나지 않습니다. 이 숫자만 보면 '할렐루야'라고 외칠 수 있지만 그 에너지의 수치를 들여다보면 미국 농업만큼 비효율적인 것도 없다는 놀라운 사실을 알게 됩니다. 옥수수 생산 분석표를 보면 1970년 미국의 생산량은 과테말라보다도 4.8배나 많았지만 거기에 투입된 에너지양은 무려 25.4배나 됩니다. 에너지 효율로 따져 보면 미국 농업은 과테말라 농업의 5분의 1 이하밖에 되지 않는다는 계산이 나옵니다.

| 국가 명 | 투입 에너지 | 투출 에너지 | 에너지 효율 |
|---|---|---|---|
| 과테말라 | 2.8 | 38.2 | 13.6 |
| 나이지리아 | 3.6 | 36.0 | 10.0 |
| 필리핀 | 6.7 | 33.9 | 5.1 |
| 미국(1945) | 22.8 | 76.9 | 3.4 |
| 미국(1970) | 71.2 | 183.7 | 2.6 |

경제학자 M. 펄만(Alan M. Perlman)은 이렇게 말합니다. 미국 농업은 수확되는 식물 1칼로리에 대해 기계, 비료 등으로 2.5칼로리의 화석 연료를 연소하며 거기에 가공, 포장, 수송하는 것을 합치면 조식용 시리얼 가공품 3,600칼로리를 만드는 데 1만 5,675칼로리를 소비하게 된다는 겁니다. 그리고 270칼로리의 옥수수 캔 하나를 생산하는 데는 2,790칼로리를 소비한다는 거지요. 배보다 배꼽이 더 크지 않습니까. 그래서 '뉴기니의 첸바커 마린 족의 화전 농업은 근대적인 식료 배송 시스템보다도 40배나 효율적'이라는 역설이 생겨나는 거죠.

## 하늘과 땅, 인간의 조화, 그것이 바로 농사

조선 시대의 실학자인 이규경(李圭景)은 이런 말을 남겼어요. "천지인(天地人)을 알지 못하면 농사를 짓지 못한다." 하늘의 힘은 농사철의 계절 변화를 일으키고 햇빛과 바람 그리고 단비를 내려 농산물을 자라게 합니다. 그런데 그것만으로 될 것 같습니까. 아니지요, 땅이 있어야지요. 흙이 없으면 아무 소용이 없어요. 자갈밭, 모래

밭에서는 아무리 볕과 비가 고루 내려도 곡물은 자라지 못합니다. 그렇다면 하늘과 땅의 힘만 있으면 될까요. 천만의 말씀이지요. 흙을 북돋우고 거름을 주고 잡초를 뽑아 주는 사람의 손이 가지 않으면 농산물은 생길 수 없어요. 한자로 쌀 미(米)자를 써보세요. 열 십(十) 자에 팔(八) 자가 두 개, 여든여덟 번(八十八) 사람의 손이 가야 우리는 쌀밥을 먹을 수 있다는 겁니다.

곡식 한 알에는 천(天)·지(地)·인(人) 삼재(三才)의 힘, 우주 전체의 그 힘이 들어 있다는 거죠. 그래서 옛날 우리 조상님들은 농업을 천하지대본(天下之大本)이라고 말했던 거죠. 공산품은 자연을 파괴해서 얻는 것이지만 농산물은 자연과 인간이 하나가 되어 만들어낸 결정체라고 할 수 있어요.

## 콩 세 알에 담긴 자연자본주의

오늘날에도 콩 세 알에 담긴 마음을 이어 나가려는 사람들이 많습니다. 그중 하나의 이론이 바로 '자연자본주의' 지요. 자연과 자본주의는 서로 어울릴 것 같지 않은 말이죠. 쉽게 말하면 돈이나 산업과 같은 것을 자본으로 하여 생산하는 것이 아니라 물·바람·태양 그리고 자연의 모든 생태계를 자본 삼아서 재생산 시스템을 만들어내는 자본주의로 바꿔가자는 것이지요. 지금처럼 쓰레기를 배출하는 생산이 아니라 계속 순환하면서 재생산하는 자연의 힘을 토대로 한 것이므로 지속 가능한 경제 생산이라고 할 수 있습니다.

폴 호켄(Paul Hawken)과 에이머리 로빈즈(Amory B. Lovins), 헌터 로빈스(L. Hunter

264

Lovins)가 공동 저술한 『자연자본주의(Natural Capitalism)』를 참고하세요.

 생명권

서양에서는 천지인삼재(天地人三才)란 말 대신에 바이오스피어(Biosphere, 생명권)라는 용어를 씁니다. 지구를 사과에 비긴다면 생명권은 그 얇은 사과 껍질에 해당하지요. 우주는 넓고 크지만 생명이 부지하고 살아가는 공간은 아주 극미합니다. 현대인이 사용하는 석유 화학 제품들은 모두가 수십 미터의 지하에서 끌어온 것입니다. 그만큼 우리는 비(非)생명권에 의존하며 살아가는 존재가 되었습니다.

 자연자본주의

산업시대가 자연을 지배하고 파괴하는 지식 기술에서 시작되었다면 앞으로 맞을 생명자본주의 시대는 자연에서 배우고 상생하는 지혜로부터 탄생하게 될 것입니다.

## **35** 수염을 찾아라

# 내 안에 숨겨진 수염,
# 나는 제대로
# 알고는 있는 걸까요?

〈수염을 찾아라〉에서 평생 수염을 달고
살아온 할아버지는 정작 아이의 물음에 답하지 못했습니다.
그 많은 다리를 유연하게 움직이며 잘도 기어가던 지네도
두꺼비의 말에는 한 치도 움직일 수가 없었습니다.
우리는 그렇게 무의식적으로 일상성에 매몰되어 있던 자신의 모습을
타자처럼 낯설게 떠올립니다.
누가 질문하기 전까지 몰랐던 나. 기계적인 반복.
우리는 어떤가요? 다 아는 것 같지만
정작 모르고 있었던 나의 모습이 있을 겁니다.

막살아라 vs 제대로 살아라

등잔 밑이 어둡다는 말이 있지요. 가장 가까이에 있는 것을 잘 모를 때 쓰는 속담
입니다. 멀리 찾을 것 없이 나 자신은 어떤가요? 아마도 "무슨 소리! 내가 나를 모를
까 봐?" 하며 당당하게 대답할 수 있는 사람은 없을 겁니다.

사실 내가 나를 생각하는 자성의 삶이란 고통스럽고 피곤한 일입니다. 그래서 우리들은 술자리 같은 데서 서로들 이런 말을 자주 나눕니다. "인생 뭐 있어? 그냥 사는 거지!" 물론 막살아도 살 수는 있습니다. 내가 하는 행동에 의미를 두지 않고 머리를 비우고 살 수도 있어요. 남이 하는 말에 귀 기울이지 않고 살 수 있어요. 하지만 사람이기에 이런 순간이 길어지면 우리들은 멈칫하고 맙니다. 밀려드는 공허함과 허무함을 씻기 어렵지요. 상황에 떠밀려 무의식적으로 흘러가는 삶보다는, 내가 나를 이끌고 가는 의식적인 삶을 만들어 나가길 바라기 때문이겠지요.

## 나를 알아야 반성도 하고 계획도 한다

굳이 철학적인 분석이 아니더라도 내 안에서 찾아야 할 수염은 참 많습니다. 예를 들어 어떤 월급 생활자가 있는데, 어찌된 일인지 이 사람이 매달 적자를 보네요. 그 사람에게 "도대체 돈을 어디에 쓰는 겁니까?" 하면 제대로 대답하지 못해요. 정작 돈이 어디로 새어 나가는지 모르는 경우가 많지요. 다이어트를 결심한 사람이 있어요. 그 사람에게 "뭘 얼마나 먹습니까?" 하면 당장 답이 나오지 않아요. 내가 삼시 세끼 무엇을 얼마나 먹고 있는지 기록해 본 사람은 많지 않으니까요. 늘 뒷목이 뻐근한 사람이 있어요. 그 사람에게 "평소에 어떤 자세로 앉아 있습니까?" 하면 고개를 갸웃해요. 내가 어떤 자세로 컴퓨터 앞에 앉아 있는지 모르는 거죠.

수염 긴 할아버지가 아이의 질문에 답을 못한 것처럼 내가 하루하루를 어떻게 살고 있는지 잘 모르는 경우가 허다합니다. 하지만 이 많은 수염들을 하나하나 알려고 노력해야만 나의 삶을 바꿔 나갈 수 있겠지요. 그래야 고칠 것은 고치고, 계획할 것은 계획하면서 내 인생을 끌고 나갈 수가 있지 않겠습니까.

조금 피곤하더라도 그래야 사는 맛이 나지 않겠어요. 목표의식이 있어야 인생은 살아 숨 쉴 수 있는 겁니다.

## 회사에도 국가에도 수염은 있다

회사나 국가도 마찬가지입니다. 옛날에는 회계장부도 변변히 없는 회사가 많았어요. 소위 구멍가게 스타일이죠. 옛날에는 계산하고 따지면 장사가 더 안 된다면서 본능에 맡겨 회사를 이끈 사장님들이 꽤나 있었죠. 경영학을 배운다고 사업가가 되는 것도 아니요, 먹물들이 장사하면 장사가 더 안 된다고 생각하는 경향이 컸어요. 세상은 교과서처럼 돌아가는 것이 아니기 때문에 오히려 자신의 직감에 따르는 경영이 효율적이라는 주장이었지요. 물론 이런 스타일로 성공한 회사들도 많아요. 하지만 이런 운영 방식은 정작 회사가 위기에 처했을 때 속수무책이 됩니다. 문제의 근원을 찾을 수 없기 때문이지요. 회사가 크고 복잡해지면 질수록 문제는 더욱 미궁으로 빠져들고, 새로운 도전에 직면하게 되었을 때 돌파구를 찾을 수 없게 되지요.

국가도 마찬가지입니다. 예산에서부터 인력 운영까지 모든 것이 주먹구구로 이루어지면 도대체 국가의 비전을 어디에서 찾을 수 있겠습니까? 하나에서부터 열까지 꼼꼼하게 분석하고 이를 차곡차곡 쌓아가야만 국가의 청사진을 뽑을 수 있는 게 아닐까요?

## 철없는 아이의 소중한 질문

만약 이 이야기에서 아이가 할아버지에게 질문을 던지지 않았다면, 할아버지는 평생 자기가 수염을 어찌하고 자는지 알 수 없었을 거예요. 아이의 질문이 있어서 할아버지는 내가 내 수염에 대해 잘 알지 못한다는 걸 깨닫게 된 거죠. 내 안의 수염을 찾는 길은 이렇게 철없는 어린아이의 질문에서도 나올 수 있는 겁니다. 중요한 것은 그 질문에 귀를 기울일 수 있는 자세겠지요. 팔랑귀가 되라는 말은 아닙니다. 다만 정곡을 찌르는 질문에 귀를 닫지 말고, 잘 들어 헤아려야 합니다. 그 질문은 나 스스로가 할 수도 있지만 사장님에게는 부하 직원이 될 수도 있고, 대통령에게는 한 네티즌이 될 수도 있겠지요. 질문을 새기고, 이를 반성하는 사람만이 과거의 나, 과거의 낡은 패러다임을 바꿀 수 있습니다.

'책임' 이라는 말을 영어로 리스판서빌리티(Responsibility)라고 하지요. '대답하다' 는 뜻의 리스판스(Response)와 '능력' 이란 뜻의 어빌리티(Ability)가 결합된 말이지요. 결국 내 인생에 책임을 지려면 나는 내 인생에 대해 대답할 수 있어야 합니다.

# **41** 검색이 아니라 사색이다

검색의 바다에 빠진 우리들,
나만의 생각으로
필터링할 준비는 되어 있나요?

〈검색이 아니라 사색이다〉는
오늘날 우리들의 인터넷 문화에 대한 이야기입니다.
요즘 젊은이들은 누가 뭘 물어보면 이런 대답을 하죠.
"네이버에 물어봐!", "구글에 쳐봐!"
친절한 친구들은 바로 엄지로 스마트폰으로 검색해서
그 자리에서 답을 찾아주기도 합니다.
그러나 엄지가 내 머리와 가슴을
대신해줄 수 있을까요.

정보의 화수분, 인터넷

2000년대 초반, 인터넷 검색이란 것이 붐을 일으키기 시작했을 때, 미국에서는
이런 유머가 떠돌았습니다. 한 아버지가 아들에게 동화책을 사다 주고 읽은 소감을
물었지요. 그랬더니 아이 말이 아직 '메뉴'만 보아서 잘 모르겠다는 거예요. 충격을

받은 아버지는 책은 메뉴라고 하는 것이 아니라 '목차(Table of contents)'라고 하는 것이라고 일러줬지요. 그러고는 아이의 할머니에게 전화해서 이야기를 전했죠. 그랬더니 할머니는 "그러게 애들을 데리고 자주 식당에 가라고 하지 않았느냐."며 혀를 찼어요. 손자의 컴퓨터 메뉴가 할머니에게는 식당 메뉴였던 거죠.

이 유머처럼 한국의 할아버지들에게 '검색'이라고 하면 길거리나 여관에서 당했던 검문검색을 떠올릴지도 모르겠어요. 검색이란 말이 그렇게도 많이 변한 거죠. 정보 기술(IT)의 버블로 다른 기업들은 모두 문을 닫는데 유독 검색 사이트인 구글(Google)만이 살아남은 걸 보면, 검색의 힘이 대단하긴 한가 봅니다. 어쨌거나 오늘도 인터넷의 바다에는 수많은 정보들이 화수분처럼 쏟아져 나옵니다.

## 우리만의 독특한 DB 생성 프로젝트

전 세계적으로 검색 시장에서 패권을 잡은 것은 미국의 '구글'이지만, 우리나라에선 그 양상이 다릅니다. 한국의 토종 검색 사이트가 굳건히 1위를 지키고 있지요. 사실 '검색'이라 하면 이미 인터넷 웹 페이지에 있는 자료(DB)들을 찾아주는 것을 의미합니다. 그러나 우리네 검색은 다르죠. '있는 정보를 찾아 주는' 것이 아니라 '정보를 만들어 주는' 검색 방식을 택했으니까요. 한글 자료(DB)는 영어로 된 자료에 비해 빈약합니다. 그래서 탄생한 것이 이미 존재하는 콘텐츠에 의존하기보다 사용자들이 서로 질문하고 답변하면서 만들어가는 맞춤식 대화형의 '지식IN' 같은 자료(DB) 생성 프로젝트였지요.

하루 평균 질문이 3만 5,000건, 답변이 6만 5,000건이라는 경이적인 숫자를 기록하는 공간. 그 이면에는 남을 가르쳐 주고 싶어 하는 한국인의 독특한 지식 풍토가 있지요. '무식하다'는 게 욕이 되고 '무식이 죄'가 되는 선비의 나라에선 모두가 다 선생이 되고 비평가가 되고 싶은 꿈이 있습니다.

더구나 익명 사회인 인터넷 세상에선 얼굴을 가릴 필요 없이 당당하게 무식한 질문을 할 수 있는 장치가 되어 있어요. 그것은 편집자가 항목을 정하고 권위자에게 의뢰해 집필하는 브리태니커형도 아니며, 같은 개방 참여형이면서도 정답만을 올려 한 치의 오류라도 생기면 웹 전체가 발칵 뒤집혀 벌집이 되는 온라인 백과사전 위키피디아와도 다릅니다. 이러한 패턴은 한국의 품앗이나 계처럼 서로 돌려가며 지식 재산을 모으고 공유하는 한국의 전통문화에서 비롯된 것인지도 모릅니다.

### 필터링의 힘, 사색에서 찾자

다른 나라의 검색 사이트는 일본의 단무지처럼 국물을 씻어내 버리지요. 이를테면 필터링 기술입니다. 그러나 한국에선 국물을 그대로 두어 빡빡하지 않은 음식 맛을 냅니다. 틀린 대답도 삭제하지 않고 그냥 놔두어 그 빡빡한 인터넷 공간에 국물을 남기는 것이지요. '전화 말고 휴대전화로 할 수 있는 것은 무엇일까요?'라는 질문에 무려 1,300여 개의 답변이 쏟아져 나오는 것을 보면 우리나라 사람들이 얼마나 다원적이며 복합적인지 느낄 수 있어요.

하지만 내가 오늘 검색을 통해 많은 사실을 알아냈다고 해서, 과연 나 자신이 풍요로워진 걸까요? 인터넷 검색에서 얻은 지식은 남의 생각입니다. 나의 생각을 만들기 위해서는 정보와 정보를 결합하고 꿰어낼 수 있는 지혜를 키워야 하지요. 그 힘은 바로 사색의 시간을 통해 키울 수 있습니다.

검색과 검색 사이에 사색의 징검다리를 놓으세요. 사색을 통해 얻는 '나의 생각'이 있어야, 우리는 지식의 화수분 속에서 나에게 정말 필요한 정보와 지식이 무엇인지, 그리고 잘못된 정보의 탁류에 떠내려가지 않는, 내 안의 필터링 장치를 갖게 됩니다.

## 49 신 포도를 먹고 사는 사람들

타인 지향적인 삶,
우리는 아직도 신 포도 아래에서
목을 빼고 서 있지 않나요?

이솝우화 〈여우와 신 포도〉의
이 새로운 버전은 에리히 캐스트너(Erich Kastner)의
이야기를 바탕으로 만든 것입니다.
현대판에 등장하는 여우는 천신만고 끝에
마침내 포도를 따 먹었지요.
그 포도는 영 맛없는 신 포도였지만,
여우는 남들에게 과시하려는 욕심에
맛있다며 신 포도를 먹었어요.
바로 타인지향적(他人指向的)으로 살아가는 우리의 모습이지요.

QR코드를 찍으면 감동의 영상이 펼쳐집니다

## 케인즈의 미인 투표와 신 포도

'미인 투표'에 관한 재미난 이야기가 있습니다. 사람들에게 1,000명의 여성을 찍은 사진을 보여 주면서 가장 아름다운 여성을 뽑으라고 했답니다. 그런데 이 투표에는 상품이 걸려 있었어요. 투표자들 전체의 취향에 가장 가까운 선택을 한 사람에게 상품이 주어지는 거예요. 이럴 경우, 투표자들은 누구를 뽑을까요? 자신이 아름답다고 여기는 여성을 뽑는 것이 아니라 남들이 뽑을 것 같은 여성을 선택하게 되겠죠. 내 선택이 아니라 남들이 선택할 것 같은 것을 우선 고려하는 거예요.

## 주식도 부동산도 미인 투표

영국의 경제학자 존 케인즈(John Maynard Keynes)는 주식 시장을 설명하기 위해 이 미인 투표 이야기를 꺼냈습니다. 주식 시장에서도 투자자들은 자신이 생각하기에 성공할 것 같은 회사를 선택하지 않는다는 거죠. 자기 생각에 그 회사가 정말 실력 있고, 전망이 밝다고 생각하는 것이 아니라 다른 사람이 많이 몰릴 것 같은 회사의 주식을 사려고 한다는 겁니다. 그러니 결국 주식 시장에서는 껄렁껄렁한 회사의 주식이 폭등하기도 하고, 그로 인해 버블이 생겨나기도 하지요. 부동산도 마찬가지죠. 부동산을 돈으로 보는 우리 사회에서는, 내가 살기에 좋은 집을 고르는 게 아니라 투자자들이 몰려들 것 같은 집을 선택하지요. 이로 인해 부동산 버블이 생겨나는 거고요.

정치도 예외가 아니지요. 정책을 따져서 투표하기 이전에 이번에 뽑힐 것 같은 사람에게 표가 몰리는 일이 허다하지요. 요즘 학생들 사이에 유행하는 패딩 점퍼도 마찬가지 논리지요. 내가 보기에 예뻐서 사 입는 게 아니라 남들이 입으니까 나도 입어야 하는 겁니다.

우리들은 이렇게 알게 모르게 나의 의견이 아닌 남의 의견을 추종하면서 살아가고 있지요. 때로는 신 포도를 먹고도 맛있다며 우기는 여우처럼, 여우의 신 포도를 부러워하면서 포도나무 아래 목을 빼고 서 있는 짐승들처럼 살아가고 있습니다.

## 타인지향적인 우리들의 모습

이렇게 주변 사람들의 시선을 의식하며 살아가는 우리들의 모습을 한 때 데이비드 리스먼(David Riesman)은 '타인지향형 인간(Other directed type)'이라고 표현했습니다. 그는 『고독한 군중(The lonely crowd)』이라는 책에서 역사적으로 사회가 변화함에 따라서 3가지의 인간 유형이 탄생했다고 이야기했지요. 먼 옛날 봉건주의와 같은 사회에서는 전통지향형(Tradition directed type) 인간이 주류를 이루었습니다. 할아버지가 말해 준 대로 농사를 짓고, 가축을 치며 살아가야 했던 시대였으니, 전통에 의지하는 것이 가장 현명한 방법이었던 게지요. 하지만 근대에 접어들면서 자아의식이 싹트면서 자신의 존재를 들여다보는 내부지향형(Inner directed type) 인간들이 탄생하기 시작했습니다. 가족 단위로 학습된 도덕과 자아의 가치관이 인간 행동의 중요한 기준이 되었던 것이지요.

이에 비해 현대의 인간은 타인지향형으로 바뀌었지요. 대중사회가 되면 무엇이든 남들이 하는 일을 따라 하게 되지요. 주변 사람들의 눈치를 보며 군중 속에 매몰되어 살아가지요. 사회가 도시화되고 문화가 대중화되면서 사회는 규격화되고 문화는 획일적으로 변화했지요. 그러니 사람들은 많은 사람들 속에서 제 자신을 찾지 못하고 삶의 양식이나 가치마저도 쏠림 현상이 일어나요. 유행을 따르고, 광고 선전이나 뜬소문 같은 여론에 의해 제정신을 차릴 수가 없게 되는 겁니다. 결국 우리들은 정말 자신이 원하는 삶이 무엇인지도 모르고 '고독한 군중' 속으로 들어가고 맙니다.

## 나의 선택이 진짜 선택이다

매스미디어가 아니라 블로그 같은 인터넷의 개인 미디어 시대에 살아가는 오늘날에도 여전히 우리는 내가 나를 어떻게 생각하느냐보다는 남들이 나를 어떻게 생각하는가에 더 신경을 쓰고 삽니다. 개구리 해부도 못하는 사람에게 의사가 되라고 부추기고, 공부만 잘하면 무조건 S대 법대에 가라고 하잖아요. 그림 잘 그리는 사람을 칠판 앞에만 앉혀 두고, 노래 잘하는 사람을 도서관에만 앉혀 둔다고 그 사람 인생이 술술 풀리겠습니까. 그렇게 해서 의사가 되고 판사가 된 사람들이 행복할 수 있겠습니까. 남들이 좋다니까 우르르 몰려가서 스스로 출세했다고, 존경받는다고 위로하는 것은 자신을 속이는 일이지요.

『로마인 이야기』로 유명한 시오노 나나미(Shiono Nanami, 鹽野七生)는 공부를 잘했는데도 동경대학교에 가지 않았답니다. 어려서부터 로마 제국과 르네상스에 관심이 많았기 때문에 라틴어를 잘 가르쳐 줄 수 있는 스승을 찾아간 거지요. 남들이 표를 많이 얻을 미인을 뽑고 있을 때, 자신이 선택한 미인을 뽑았던 겁니다.

# **51** 거북선은 왜 거북이 모양일까요?


## 당신은 정말 거북선을 아는가

〈거북선은 왜 거북이 모양일까요?〉라는 이야기는
학교에서 거북선과 이순신을 배우면서
한 번도 해보지도, 들어보지도 못한 질문일지 모릅니다.
거북선이 어떤 배인가를 알려면
거북선과 대적한 일본 배도 함께 알아야지요.
생각의 틀을 바꿔야 합니다.
거북선을 실체론적 입장에서 보지 않고
관계론으로 생각의 틀을 바꾸면 새로운 사실들,
진정한 이순신 장군의 위대함이 드러납니다.
우리 문화 깊숙이 박혀 있는
상대성의 원리와 관계론적 사고의 틀로
사물을 바로 보고 생각해야 합니다.


봉이 김선달이 대접받는 세상

우리는 이따금 대동강 물을 팔아먹은 봉이 김선달을 부정적으로 들먹이지만 넓은 의미에서 지식 창조 사회는 봉이 김선달이 우글거리는 사회를 의미하는 것입니다. 지금까지 우리 사회는 머리를 잘 굴리고 상상력이 뛰어난 사람들이 창조력을 발휘해 사회에 공헌하거나 부를 창출하는 기회와 여건을 갖추지 못했습니다. 그래서 가진 것 없이 지력과 상상력을 지니고 있는 사람들은 남을 속이는 '봉이 김선달' 아니면 '허풍선이'로 전락하고 말았던 것입니다. 1993년 〈뉴스위크〉는 '미래는 손을 사용하는 사람이 아니라 머리를 사용하는 사람의 것이다'라는 특집을 내고, 그 기사에서 한국이나 싱가포르 같은 나라들이 우수한 노동력, 즉 지식노동자들을 어떻게 양성하고 있는지를 소개한 적이 있었지요. 장래의 국제 경쟁력은 그 나라가 창출하는 지식의 우열에 의해 결정된다는 것으로 결론을 맺고 있는 그 기사는, 우리가 지금 무엇을 해야 선진사회, 선진국가가 될 수 있는가를 가르쳐 주고 있습니다.

미국의 경제개발학 교수인 리처드 플로리다(Richard Florida)가 말하는 지식계층과 상통하는 미래 예측이지요. 차라리 도식적인 발상이 용서된다면 3C보다는 리처드 플로리다의 '크리에이티브 클래스(Creative class) 만들기'의 3T(Talent, Technology, Tolerance), 특히 마지막의 'Tolerance(관용)'를 들겠습니다. 나와 다른 엉뚱한 사람을 포용하여 그 사람만의 '결'을 받아주는 관대함이 독창적인 아이디어를 키우는 온상이지요.

그러나 우리 사회는 불행하게도 아직 독창성이 대접받는 사회가 아닙니다. 아이디어를 가지고 있는 사람들이 땅과 돈을 가지고 있는 사람보다 더 많은 부를 창출하는 사회가 못 됩니다. 우리가 지식 창조를 기반으로 창조적 사회를 만들어가기 위해서는 초등학교 교육부터 바꾸어야 할 것입니다.

지금의 우리 교육 현실은 이순신 장군의 거북선을 철갑선이라는 하드웨어 관점에서만 가르치고 있습니다. 이순신 장군이 지금까지 우리 역사에 살아 있는 신화로

회자되는 이유는 뛰어난 기술을 지닌 엔지니어로서 숭배 대상이기 때문만은 아닐 것입니다. 더구나 온 국민이 거북선은 알아도 거북선과 싸운 일본 배가 어떻게 생겼는지는 거의 모릅니다. 또 이순신 장군은 알아도 이순신 장군과 싸운 일본의 장수가 어떤 사람인지도 잘 모릅니다. 그것을 알아야만 이순신 장군이, 거북선이 왜 독창적인가를 알게 됩니다.

## 거북선과 아타케부네

이순신 장군은 일본 사람들의 행동 양식과 그 문화를 통찰한 지식 기술의 원조였다고 할 수 있습니다. 일본 해군들은 왜구의 해적 전술을 이어받아 상대방 배에 올라타서 칼로 치는 놋토리(乘っ取り) 전술을 구사했습니다. 해적들이 화공법을 써서 배를 태워버리면 뺏아올 것이 없어져 버리기 때문입니다. 이순신 장군과 대적한 일본의 장군 구키 요시다카(九鬼嘉隆)는 세토나이카이(瀬戸内海)를 헤집고 다녔던 해적 출신 다이묘(영주)였습니다. 그래서 구키가 타고 온 일본의 주저남 아타케부네(安宅船) 역시 해적전법을 사용하도록 설계된 선박이었습니다. 그리고 그것은 경첩이 달려 있어서 상대방 배에 접근하면 앞으로 떨어뜨려, 다리 역할을 하게 되었던 것이지요.(한국에 온 구키의 아타케 부네는 '니혼마루(日本丸)' 라고 불렸으며, 먼 항해를 위해 무거운 쇠판을 대나무로 개조했다고 합니다)

## 68 1등이 되려면

1등이 아닌 온리 원(Only One)을 위해
지금부터 360도 방향으로
힘차게 뛰어 보는 건 어떻습니까?

〈1등이 되려면〉은
1등만을 지향하는 우리 사회를
돌이켜보기 위한 이야기입니다.
성공한 인생, 행복한 인생은 과연 무엇일까요?
아무래도 지금은 많은 사람들이
좋은 대학에 들어가서 판사 되고 박사 되는 걸
성공이라고 믿는 것 같습니다.
하지만 모두가 하나의 1등 자리를 두고
달려가는 사회는 과연 공감의 시대,
감동의 시대에서 지속될 수 있을까요?

## 저마다 다른 존재, 인간

인간은 원래 저마다 다른 개성을 지닌 존재라는 것은 모두가 알고 있는 사실이지요. 사실 자연은 모두 그렇게 생겨 먹었습니다. 쌀농사를 많이 짓는 인도에서는 과거 벼 품종이 만 종도 넘었다고 해요. 이 벼들은 저마다 장단점을 가지고 있지요. 어떤 놈은 추위에 강하고, 어떤 놈은 병충해에 강하고, 어떤 놈은 벼 알은 굵지만 뿌리가 약하고, 어떤 놈은 빨리 자라는데 수확량이 적지요. 이렇게 모두 달라요. 하지만 인도 정부는 그중에서 생산성이 가장 높은 품종을 골라 이 품종을 집중적으로 재배하게 했답니다. 당연히 많은 품종들이 멸종되고 말았지요. 이런 정책은 당장에야 생산에 도움이 될 수 있겠지요. 하지만 이런 식의 정책은 자칫하면 위험한 결과를 낳을 수도 있어요. 하나의 품종이 모든 위험에 강할 수는 없는 노릇이거든요. 병충해가 돌거나 냉해가 돌면 과거에는 그나마 다양성의 힘으로 위험을 분산시킬 수 있었지만, 이렇게 품종을 단일화시키면 자칫 한 해 농사를 몽땅 망치는 결과를 낳을 수도 있는 거예요.

인간도 마찬가지예요. 추위를 타는 사람도 있고, 더위를 타는 사람도 있지요. 추위를 타는 사람은 보일러공이 되면 좋겠지요. 더위를 타는 사람은 제빙 공장에서 일하면 좋고요. 물론 더위를 많이 탄다고 얼음하고만 살라는 말은 아니에요. 그만큼 사람들은 저마다 다르고, 그러기에 잘할 수 있는 일도 저마다 다를 수 있다는 것이지요.

## 아무르 강(Amur River)의 동물들이 평화롭게 사는 방법

사람들은 다양한데, 우리가 들이대는 기준은 하나뿐이에요. 지금 다른 기준이 있나요? 일단 대학에 가야 하고, 대학에 가려면 무조건 최고로 뽑는 대학에 가는 게 목표죠. 이렇게나 기준이 명확한 사회는 아마도 우리나라가 최고일 거예요. 경쟁이 나쁜 것은 아니지만, 경쟁을 해서 남는 게 있어야 하는데, 지금은 패배자들만 잔뜩 만들어 내고 있는 상황이 아닙니까?

시베리아에서 시작해서 오호츠크 해로 흘러들어 가는 아무르 강으로 가볼까요? 강의 하류에는 알을 낳기 위해 올라오는 연어들이 수두룩해요. 새끼를 낳고 강바닥에서 죽은 연어들이 강물에 둥둥 떠오르지요. 그러면 한바탕 잔치가 벌어지는 거예요. 곰이며 새며 온갖 짐승들이 연어를 먹으려고 달려들지요. 하지만 아무리 많은 짐승들이 서로 달려들어도 신기하게도 이곳에서는 싸움이 나지 않는대요. 머리만 먹는 놈, 비늘만 먹는 놈, 내장만 먹는 놈, 눈만 먹는 놈이 다 따로 있어서 싸울 일이 없는 거죠. 자연에서도 저마다 이렇게 살길을 찾아 평화를 이루고 있는 거예요. 우리도 이렇게 좀 나눠 먹을 수는 없는 걸까요? 우리도 좀 다양해지면 안 될까요? 내

개성을 살리고 싶은 사람들에게 기회를 주고, 개성을 살린 사람들이 신 나게 일할 수 있다면 이 사회가 얼마나 다이내믹해지겠습니까?

## 놀고먹는 방법

영문으로 된 인터넷 사이트에 들어가 보면 '일하지 않고 일생을 사는 법'에 대한 기발한 글들이 나옵니다. '네가 좋아하는 일을 택하게 되면 평생 놀며 지낼 수가 있다(Choose a job you love, and you will never have to work a day in your life).' 는 격언이에요. 과연 할리우드 문화를 낳은 미국다운 발상이라는 생각이 듭니다. 그런데 놀랍게도 이 말을 한 사람은 스티븐 스필버그나 조지 루카스 같은 할리우드 명사가 아니라 공자님이랍니다. 수천년이 흐른 오늘날 그것도 서양에서 회자되는 까닭이 무엇일까요? 먹기 위해 살아가는 시대가 아니라 이제는 살기 위해서 먹는 시대로 바뀌었다는 증거이지요.

아무리 돈을 많이 줘도 평생 자기가 싫어하는 일을 붙잡고 사는 건 얼마나 불행한가요? 요즘 '인생 2막'이란 말을 많이 쓰지요. 그것은 단순히 명예 퇴직자들을 위한 인생만은 아닐 겁니다. 자신이 무엇을 하고 싶은지도 모른 채로 대학에 가서, 일하고 싶은 곳도 아닌 그저 자기를 뽑아 주는 곳에 가서 일하다가, 나이 마흔에 회사에서 떨려 나가는 것이 지금의 인생 사이클이에요. 그래서 한창 일해야 할 나이인 서른, 마흔 되는 사람들이 이건 '내 인생이 아니다'라고 느끼고는 직장을 접고 완전히 새로운 일에 도전하는 사례도 너무 많지요. 플레이(Play)가 워크(Work)가 되는 게 가장 행복한 삶입니다.

## 자신의 능력을 믿어라

이런 이야기를 드리면 그게 현실적으로 가능한 이야기냐며 반문하는 분들도 있을 거예요. 물론 내 개성을 찾고, 내 길을 가겠다고 하면 방해꾼들도 많을 거예요. 하지만 저는 모두가 자신의 능력을 믿고 노력하면 반드시 답은 찾을 수 있다고 봅니다. 만약 김연아 선수가 판사가 되려고 했다면 어땠을까요? 자기가 스케이트를 좋아한다는 걸 깨닫고, 남들보다 몇 배 노력했기 때문에 오늘날의 자리에 오른 게 아니겠습니까.

인간은 세상에서 가장 소중한 자본입니다. 돈으로 살 수 없는 게 바로 나이고, 나의 능력이에요. 그 능력을 남들이 휘두르는 대로 썩히지 말고 두 눈을 똑바로 뜨고 나의 능력을 찾아야 해요. 내 안에 숨겨진 수염을 찾듯 그렇게요. 그리고 놉시다. 놀면서 일합시다. 우리 사회에 다양한 '온리 원(Only One)' 이 넘쳐난다면 나도 좋고, 사회도 좋고, 세상도 좋아지지 않겠습니까.

# **73** 창조의 지팡이

금덩어리는 사라지지만
창조의 지팡이는 사라지지 않지요.
그렇다면 창조의 힘은
어디에서 나오는 걸까요?

〈창조의 지팡이〉는 새로운 것을 만들어내는
힘에 대한 이야기입니다.
물고기를 주지 말고, 물고기를 잡는 법을 알려 주라는 말과
같은 맥락이지요.
당연한 말인 것 같지만, 어찌 보면 우리들은
늘 눈에 보이는 물고기에 연연하며 살고 있습니다.
금덩어리는 남이 훔쳐갈 수도 있고 훼손될 수도 있지만,
금덩이를 만들 수 있는 지팡이는
무형의 창조의 힘으로 영원하지요.


금덩어리 경제와 지팡이 경제

　1500년대에 스페인은 남아메리카로 쳐들어가서 엄청난 양의 금과 은을 가져왔
어요. 이 금덩어리들은 다 어디로 갔을까요? 귀족들이 사치스러운 생활을 누리는

데 쓰이고, 무적함대를 이끌고 전쟁을 하느라 다 탕진하고 말았지요. 금덩어리라는 것은 당장에는 달콤함을 주지만 결국 사라지고 맙니다. 우리가 노름판을 두고 뭐라하는 이유가 뭘까요? 패가망신(敗家亡身)의 지름길이기도 하지만 노름판 자체로 보자면 그곳에서는 아무것도 생산되는 것이 없어요. 밤새도록 해봤자 뭐 나오는 게 있나요? 판돈만 오갈 뿐 증식이 되지 않지요.

누군가 쌀을 줄까, 농사지을 땅을 줄까 하면 농사지을 땅이 더 좋고, 누군가 석유를 줄까, 아니면 석유가 나는 유전을 줄까 하면 유전을 발굴하는 게 낫지요. 이미 만들어 놓은 것과 만들어 가는 것은 아주 큰 차이가 있지요. 당장 눈에 보이지는 않지만 창조하고 생산할 수 있는 가능성에 투자하는 것이 미래를 위해 훨씬 더 값진 일이 될 수 있습니다.

## 교육의 힘, 창조의 힘

그렇다면 창조의 지팡이를 주는 산신령님은 어디에 있습니까? 바로 교육에 있지요. 고기 잡는 법을 가르쳐주는 게 교육 아닙니까. 그러니 독창성을 인정해주고, 창조력을 키울 수 있는 교육이 절실하다고 볼 수 있어요. 흔히 이런 한탄을 합니다. '우리나라에는 왜 스티브 잡스 같은 사람이 없을까?' 저는 우리나라에도 스티브 잡스 같은 사람이 있다고 봅니다. 그 사람을 못 알아보거나, 왕따시키고 있는 거죠.

독창성이나 창조성이라는 것은 타고난 천재들에게만 있는 게 아닙니다. 남들이 당연시하는 것, 이미 해답에 나온 것에 대해 고개를 갸웃거리는 데서 나오는 것이지요. 다 아는 걸 새롭게 결합하거나, 모두가 알지만 한 번도 말하지 않은 것을 말하는 것이 바로 독창성이고 창조지요. 하지만 우리 사회는 이런 독창성이나 창조력을 보는 눈이 좁아요. 스티브 잡스 같은 인물을 알아주고, 그 사람을 키우는 애플 같은 회사가 없는 게 문제지요. 페이스북을 창안한 마크 주커버그(Mark Zuckerberg)는 몇 번이나 학업을 포기할 뻔했지만 학교와 사회가 그를 살렸어요. 그를 인정해준 미국 사회의 문화 자본과 관용은 우리도 배워야 할 점이라고 봅니다. 우리 사회가 천리마(千里馬)를 알아보는 백락(伯樂)과 같은 눈을 지녀야 해요. 지금 우리나라, 우리 곁에 알버트 아인슈타인(Albert Einstein) 같은 사람이 있을지도 몰라요. 하지만 과연 아인슈타인 같은 사람을 알아볼 수 있는 사람과 그런 인재를 도와줄 수 있는 학교나 회사가 있는지 반문해봐야 합니다.

## 창조의 지팡이를 쥔 것은 바로 사람

결국 창조의 지팡이를 휘두르는 것은 사람입니다. 그런 의미에서 저는 사람만큼, 생명만큼 소중한 건 없다고 봅니다. 우리는 흔히 '할 일 없으면 애나 봐'라는 말을 하는데, 이건 참 무서운 말이에요.

아이작 뉴턴(Isaac Newton)은 사과가 떨어지는 걸 보고 만유인력을 깨우쳤다고 하죠. 그런데 이 일화에서 우리가 감탄해야 할 것은 뉴턴이 아니라 바로 사과예요. 중력의 법칙을 거스르고 왜 그 높은 곳에 매달려 있느냐는 거죠. 어떻게 물고기가 물의 흐름을 따라 내려오지 않고 거꾸로 올라갑니까. 바람개비가 돌지 않으면 아이들은 막 달려요. 자기가 뛰어서 바람을 만드는 거죠. 이렇게 과학의 법칙보다 더 대단한 것은 바로 생명의 법칙이에요. 김연아가 만들어낸 건 뭔가요? 보이는 걸로만 생각하면 금메달이에요. 하지만 김연아가 우리에게 준 것은 물질로 바꿀 수 없는 감동이었어요. 술집에서 실컷 먹고 마신 뒤에 느낀 감동과는 비교할 수 없는 살아 있다는 감동을 주었지요. 36억 년 동안 지구에서 생명이 진화하고 지금까지 발전해온 원동력은 바로 생명에 대한 사랑이었어요.

## 생명이 자본이 되는 시대가 온다

앞으로의 시대는 사람이, 생명이 자본이 되는 시대가 아닐까요. 한국 사람들이 '자식 농사 잘 지었다'는 표현을 쓰는 것처럼 말이죠. 저출산 문제는 그런 의미에서 참으로 심각합니다. 생명자본을 상실한 것이니까요. 그런 의미에서 아이를 낳고 키우는 일은 개인이 아닌 사회, 나아가 문명을 지키는 문제가 됐다고 봐요. 옛날에는 나무를 자르고 재단해야 자본이 되었어요. 지금은 죽이지 않고 나무라는 생명 자체가 훌륭한 자본이 되는 세상이지요. 아름다운 경치를 통해 감동을 주는 것 자체가 엔터테인먼트가 되는 거예요. 생명을 우선순위에 놓으면 노동은 작업이 되고, 작업은 활동이 되고, 예술이 됩니다. 생명이 수단이 아니라 목적이 되는 거죠. 돈을 버는 게 목적이라면 산다는 게 얼마나 우스워요. 개똥밭에 굴러도 이승이 낫고, 구걸을 해도 죽은 재상보다 나은 법이지요.

오늘날 산업자본주의와 금융자본주의는 많은 난관에 봉착해 있어요. 마치 구멍

뚫린 배처럼 말이죠. 사람들은 그저 배에서 물을 퍼내거나, 아예 배를 버리자고 말합니다. 하지만 둘 다 대안이 될 수는 없어요. 물이 새는 구멍을 찾아서 막는 게 가장 현명한 방법이겠지요. 그런 의미에서 생명의 가치라는 것은 일종의 보완재예요. 자본주의 자체를 부정하기보다, 트랜스(Trans)하자는 것이지요. 산업자본주의와 금융자본주의의 시스템을 어떻게 생명자본으로 만들어 나가느냐가 중요합니다. 교육, 경제, 정치, 사회, 문화 전반의 틀을 변화시키는 운동이 절실한 때이지요.

# 짧은 이야기, 긴 생각

© 이어령 2014

1판 1쇄 발행_ 2014년 9월 15일
1판 8쇄 발행_ 2022년 5월 30일

지은이          이어령

펴낸곳          ㈜아이스크림미디어
출판등록        2007년 3월 3일
신고번호        제2013-000115호
주소            경기도 성남시 분당구 판교역로 225-20 시공빌딩
전화            02-3440-2300(대표)

ISBN  978-89-97536-88-7  03810